枯れない情熱

末廣圭

Kei Suehiro

イースト・プレス 悦 悦文庫

目次

枯れない情熱

第一章　墓場の接吻

やっと喪が明けた……。

うっとうしい長梅雨がひと休みしているその日の午後、小暮裕樹は久しぶりに、両親の眠る東京は東村山の墓地に、足を向けた。とっくの昔に亡くなった両親へ小暮なりの感謝の気持ちを伝えたかったからである。

自分の命が無事、この世に戻ってきたことは、天国にいる両親の加護が少なからずあったのだろうと、小暮にしては珍しく、殊勝なことを考えたせいだろうか。

墓地の片隅に咲く紫陽花が初夏を思わす明るい陽射しを受けて、きらきら光って、老眼の度をやや強くした目を和ませてくれる。

あと数年で後期高齢者の仲間入りをする、七十二歳になった歳寄りである。が、水を入れた桶と柄杓を片手にしながら、小暮は己の胸の内で、ちょっぴり虚しい孤独な思いにさいなまれていた。

実の両親の墓参りだというのに、連れ添ってくれる嫁がいない。子供もいない。もちろん孫も。昔、連れ添った嫁には、それぞれ子供がいたが、今は音信不通。

いっさい触れないほうが、彼らは健全に生きていけるだろうと、いっさいの関係を断ったからである。

日々の生活でどこか折り合いの悪かった三人目の妻とは、七年前に離婚した。ありふれた表現を借りると、性格の不一致。

二人とも、大いなるわがままだったことも重なった。これからはお互い自由にしようぜと、ぷいとそっぽを向いた結果である。

独り身になった小暮が、自分の軀の一部に、表現しがたい不快感を覚えるようになったのは、五年半ほど前のことになる。

簡単に言い表すと、極度の便秘症。

生来の病院嫌いだった。院内に充満する、あの消毒液の臭いを嗅ぐと、全身に悪寒が走り、吐き気をもよおした。

だから売薬を服用した。浣腸もやってみた。が、症状はいっこうに改善されなかった。下腹が張る。重っ苦しい痛みを伴って。耐えられなくなって小暮は、人並みはずれた病院嫌いを一旦棚に上げて、二十年近く親交のあった医者が開業する個人病院を、鼻をつまんで訪ねた。

食べたものが、どんどん下腹に溜まっていくような気持ち悪さが消えない。なんとかならんか。小暮は正直に伝えた。

その場で医者はすぐさま、下半身裸になれと命令した。

だからおれは病院が嫌いなんだ。

こんなことになるのだったら、親友の医者ではなく、別の総合病院で診てもらうべきだったと後悔しても遅かった。少なくとも、他人の前で下半身をさらすのは、共同浴場の脱衣場か、これから情を交わそうとする女の前のみと、心していたからだ。

小暮は腹の中でぶつぶつ文句を言った。お前さんとは長い付き合いだろう。それなのに、患者をいたわるねぎらいの心がない。深く反省せい。死刑を宣告する裁判長の如(ごと)き素(そ)っ気(け)なさじゃ、おれの気持ちが折れてしまうだろう。

が、医者の言(げん)に逆らうことはできなかった。便秘症の苦痛は日ごと、夜ごと、小暮の下半身を痛めつけたからだ。覚悟を決めて小暮は、ズボンとトランクスを脱いで、診察用ベッドに寝た。横向きになって、数人のナースに囲まれた。男にとって、これ以上、屈辱の恰好(かっこう)はない。

数分して小暮は、うっ！　と、うなった。肛門に衝撃を受けたのだ。

なにかを差しこまれた。その物体がどんどん深みに嵌(は)まってくる。断りも無しにこのヤブ医者は、おれの尻の穴になにをぶち込んだのだ！　怒鳴りつけたくなったが、この辱めをこらえたら、辛い便秘症がいくらかでも改善されるかもしれない。

我慢するしかなかろうと、小暮は歯を噛みしめ、目を閉じ、耐えた。悔し涙が目尻からこぼれ出てくるほど。

検診は一時間近くかかった。

尻の穴からなにかを抜いたヤブは、平然とした表情で言った。

「大腸ガンだな。しかしさほど進行はしていない。できるだけ早い時期に手術をしよう。おれが切ってやる」

小暮の耳にはこけ脅しに聞こえた。言葉尻には、刺身用の魚の腸をえぐり取るような乱暴さがあったし、親友の医者にしては優しさがなかった。

冗談を言っちゃ困る。

六十歳で会社を定年退職して、閑を持て余し、小遣い銭稼ぎのつもりで始めたレポーターの仕事が、やっと軌道に乗り始め、新聞や週刊誌からのオファーも順調に回り始めていたのだ。

「切らないと治らないのか」

トランクスに足を入れながら、小暮は不満たらたらで問いかえした。

「手術が怖くていやだったら、無理にとは言わん。しかしこのまま放置しておくと、お前さんの命は長く持ってもあと三年だ。今までさんざん遊びまくってきたんだから、これ以上長生きしたくないというのなら、勝手にせい」

医者の言葉は、ますます冷淡になっていった。

「腹を切ったら、治るのか」

小暮は再度問うた。

「確約はできない。しかし、お前さんの気力次第なところもある。腹を切って、人生をやり直し、女戯(あそ)びを再開してみるかという元気が残っていたら、完治するかもしれない」

不親切極まりのない医者だと腹のうちで罵(ののし)りながらも、どこかで小暮は、親友の医術に任せるしか手段はなさそうだと、あきらめた。

その十日後、小暮は手術台に乗った。麻酔が効き始める間際になって小暮は、目を閉じた。看病してくれる相方がいない。こんなとき、おれの手をしっかり握りしめ、愛情をこめ、大丈夫よ、手術が終わるまでわたしが付き添っていますから安心しなさいと、耳元でささやいてくれる女の一人くらい、いてくれてもよかったじゃないか。

ついこの間まで、ずいぶん多くの女性に、肉体的、金銭的、かつ多方面にわたって奉仕をしたつもりだったのに。

全身麻酔が効き始め、意識が途切れ、気がつくまで、おおよそ七時間かかったそうだ。こそっと開いた目に、最初に映ってきたのは、薄いピンクの制服を着たナースだった。

「手術は無事終わりました。しばらく安静にしてください」

点滴用の細い管につながれている己の軀が、情けなくなった。が、ナースのいたわり声を聞いているうち、小暮はまた深い眠りに誘われた。

術後、消毒液の臭いに耐え抜いて、小暮はきっちり三週間入院した。

退院の日、親友の医者は事もなげに言った。

「お前さんの腸は、約二十センチ切った。ガンの進行は思ったほど進んでいなかった。切った腸を見たかったら、見せてやるよ。これから五年ほど、様子を見てみよう。再発、転移の兆候がなかったら、あと二十年くらい生きていけるだろう。ただし、タバコは一日五本まで。肉類、茸(きのこ)類は控え目にしたほうがよろしい。これらの食材は消化が悪い。一年に一回くらい、わたしの顔を見にくればいいさ」

手術はうまくいったそうだが、医者の言葉はあやふやだった。どこまで信用していいものか、判然としなかった。

それから五年、小暮は喪の明ける五年を、ただひたすら、じっと待った。

タバコはぷっつりやめた。

定年まで勤めた出版社では、総合月刊誌の編集に携わっていたせいで、日常の生活は乱れきっていた。徹夜の作業はしょっちゅうで、デスクに置いてある大型の灰皿は毎日、吸い殻の山となり、掃除のおばさんは心配そうに言った。

「こんなにタバコを吸ったら、肺ガンになりますよ。わたしの亭主もタバコの吸いすぎで、還暦前に亡くなったんです」

お掃除おばさんに何度注意されても、タバコはやめなった。が、親友の医者に一日の喫煙量は五本までと釘を刺されて、そんならいっそのことやめてやると、完全禁煙に挑戦した。

術後の五年間、一本のタバコも吸わなかったせいで、今では、タバコの煙に噎せてしまうほど、タバコ嫌いになった。

ヤニ臭くてかなわない。

好物だった焼き肉にはひと切れも箸を伸ばさなかったし、誰かにもらった超高級品のマツタケは、隣の新婚さん家庭に譲るほど、徹底的に自己管理した。

そして術後五年の節制生活を乗り切って、医者からお墨付きをもらった。

「用心していれば、あと二十年は生き延びるだろう。ただし、また便秘の症状が出たら、すぐに訪ねてこい」

と。

人の気配がまったくない墓地の石畳を、ゆっくり歩きながら小暮は、耳を澄ました。都心では感じられない静寂に、身を委ねて。

野鳥のさえずりが聞こえる。樹木の小枝を吹き抜けていく風の音が涼やかなのだ。あれもこれも、喪に服していた五年間の耐乏生活から、やっとの思いで脱出できた爽快さを五体に感じているせいか。

えっ……！　そのとき小暮の足に、急ブレーキが掛かった。

誰かいる。誰はばかることもないのに、小暮は急いで近くの墓石の陰に身をひそめ、目を凝らした。二十メートルほど先の墓石の前に、一組のカップルがいた。まだ若い。祈りを終えたカップルはゆっくり立ちあがった。

二人はなにやら言葉を交わした。そして、まわりに視線を向けた。

おいっ、なにをするんだ！　小暮の視線は急に忙しくなった。

男の手が女のウエストにまわったからだ。抱きよせる。なんの抵抗もなく応えた女の両手が、男の首筋に伸びた。二人の視線が間近でぶつかった。二人はまた短い言葉を交わした。

ああっ！　小暮は思わず大声を出しかけた。

二人の唇が重なったからだ。女はつま先立った。さらに身を寄せる。背中を弓なりにして、だ。

下半身を押しつけていく。ミニスカートの裾がずり上がっていく。

唇はなかなか離れない。

これっ、ここは遊園地じゃないんだ。お墓だよ。それも真っ昼間の。この地で接吻をしてはならないという東京都の条例はないが、わりと神聖な場所柄で、甘い抱擁、接吻を交わしたいのなら、場所を変えたほうがよろしい。

ずらりと並んだ墓石の下で、大人しく眠っておられる亡霊さんたちがやきもちを妬いて、目を覚ますかもしれない。

が、冗談を言っている場合ではなくなった。

男の右手がだんだん図々しくなっていく。女の臀を撫でまわし始めた。しかし女の素振りに避ける様子はない。間違いない。二人は股間をこすり合わせる。くねくね、うねうねと、グラインドさせるように。

小暮の目はまさに点になった。

男の手が女のスカートの裾をたくし上げ、淡いブルーに見える薄物の、その内側に指先を差しこんだからだ。ストッキングを穿いていない太腿と臀部の円やかさが、まぶしいほどの陽光に反射して、きらりと光った。

女の肉体は上物だ。太腿の丸みはほどよく、淡いブルーの下着でやっとのこと隠されている臀の膨らみが、とても肉感的に映ってきて。

ここまでやられると、もう黙って見物するしかない。

同じような男女の絡みは、その筋のビデオで何度も見たことがあったが、実物の行為は迫力が違う。二十メートルも離れているのに、二人の荒い息づかいや甘酸っぱそうな匂いが、ふわふわと漂ってくるほど生々しい。

そのときになって小暮は、はっとして己の下半身に神経を集中した。

その部分に、もうひとつの心臓ができたのか思うほど、熱く、強く波打っていたからだ。

他人の情交を目にしてエキサイトしていたのだ。

七十二歳になる爺（じい）さまなのに。

自分の股間に、脈々とした男の昂（たか）ぶりを感じたのは、何年ぶりのことだろうか。

――東京の私大を無事卒業した小暮が、日本でも有数の出版社に就職したのは、ちょうど五十年前のことになる。その当時は紙文化も最盛を極め、小暮が入社した出版社でも、毎月のようにベストセラー書が書店の棚を賑わせた。社長は名言を吐いた。売れる本が名著なのだ。十万部売れない本は、本じゃない。

編集に携わっていた小暮は、いささか反抗的にむくれた。

いくら売れても、駄作も多いんですよ。

しかし定年を迎えるころになって小暮は、社長の言を、そうかもしれないなと納得するようになった。編集者がどれほど心血を注いで編集した雑誌や書籍も、返品倉庫に山積みになっては、単なる紙くずでしかない。

売れる本こそ名著であるという社長の大方針が、会社を繁栄させた。

そのお陰で定年まで勤めた四十年ほど、小暮の編集者生活は、大げさに表現すると極楽浄土を極めた。

売れる本を編集したら、やりたい放題。

給料、ボーナスはたんともらえたし、時間に余裕があるときは、自由気ままに遊び呆けた。

アルコールは一滴も呑めなかったが、連夜、仕事上の付き合いだと、いい加減な理由を取り繕い、銀座、赤坂あたりの高級クラブに出没した。目的は色艶やかなホステスとの戯れ。中には営業後、近場のホテルでベッドを共にしてくれる女も何人かいた。

背丈は寸どまりで、顔立ちも平凡そのものだった男が、わりと女性に人気があったのは、遊び上手の結果であると、小暮は自分勝手に決めていた。

ケチはいけない！　を、御旗の印にして。

趣味は海外旅行、ゴルフ、麻雀……、それに麗しい女性との密かな逢瀬と、四拍子揃っていた。

仕事の関係上、長い休みは取れない。したがって海外旅行はほとんど東南アジアで、とくに数多く訪ねたのは韓国だった。月刊誌が校了すると小暮は、次の朝、羽田空港からソウルに向かって飛んだ。

なにしろたった二時間で、羽田空港を飛びたった飛行機はソウル国際空港に無事着陸する。

空港にはマイカーで出迎えてくれる韓国女性がいて、その足で梨泰院（イテウォン）の裏通りにある食堂に誘ってくれた。観光客用の食堂ではない。現地の韓国人が昼飯や夕飯に利用する店だから、とても安い。しかもその店のおばあちゃんの手作りキムチは特上もので、干物の一匹でも添えてあれば、どんぶり飯を軽く二杯平らげたものだ。

韓国詣（もう）では都合、六十回以上に及んだ。

あとは香港。中国の強欲支配が及んでいなかった平穏な時代で、グルメの旅が堪能できた。香港島と九龍島を結ぶフェリーの船上から眺める夜景は、間違いなく百万ドルの絢爛（けんらん）さを見せつけてくれた。

ゴルフを始めたのは三十歳の折り。直属の上司の命令で、政治家、作家、スポーツ界などの著名人との付き合いに、きっと役立つと尻を叩かれた。が、ゴルフの妙味に嵌（は）まってしまい、最盛期は一年に90ラウンド以上もゴルフ場に通いつめた。

1ヤードでも遠く飛ぶクラブを探し求めて買いつづけたクラブは、自宅の押入れのゴミになっていった。使わなくなったクラブは、鉄くずでしかない。

麻雀は十歳のころから始めた。親戚の叔父に教えられて。したがって雀暦は五十余年。

会社の真横に融通の利く雀荘があって、ひとたび卓を囲むと、夜が明けるまで席を離れることはなかった。

小暮の麻雀は徹夜を原則としていたのである。

麻雀といえば、忘れられない思い出がある。二十代前半のころ。友人の部屋でご開帳した。時間は無制限。誰かが降参！　と叫んだらやめようという約束で始めたのだが、七十時間ほど経過したとき、小暮は自分の視力に異常を感じた。緑の卓が赤く見えてきたのだ。

疲労からくる色盲症に襲われた。

ただちにお開きとなったが、緑が赤く映ってきたときは、かなり気色悪かった。

外国旅行、ゴルフ、麻雀に入れ込んだ情熱は他人様に負けるものではなかったが、最後のひとつは女性である。

惚(ほ)れっぽい体質は定年をすぎても治ることなく、ひとたび心の奥に刻まれると、素人(しろうと)さん、玄人(くろうと)さんのわけへだてなく、入れあげる。

そのとき嫁さんがいようと、恋人がいようと、そんなことはいっさいお構いなしで、新人さんに一身入魂。そんな子供っぽい性格がわざわいして、三度の結婚生活はいずれも、あえなく水に流してしまった。

が、そうした奔放なる生活も、大腸ガンを患ったその年から、糸の切れた凧の如く、どこかに消え去っていた。

お古のゴルフ用品はすべて、友人にプレゼントした。海外旅行もぷっつりやめた。まるで仏門に入ってしまったような真面目生活が、女性に対する興味を根こそぎ削ぎ落とした。

（わたしも、もう歳だ。生きているだけで幸いじゃないか）

腸をたった二十センチ切っただけで、修験僧のような心境に達した小暮は、平々凡々、静かなる余生を送れれば、それで良しと、人生を達観していたつもりだった。

が、静寂、霊験なる墓地で偶然にも遭遇した若い男女の睦み合いを目にして、五年以上もひっそりと眠っていた男の情感が、むらむらと股間付近に再燃したことは間違いない。

このまま死期を待つのは、悔しい。

もう一度、女性を愛でるチャンスをつかんでみたい。性欲は人間の本能のかたわれである。

熱い抱擁、接吻を墓石の前で堂々と開陳（かいちん）した一組のカップルが、仲よく手をつないで去っていく後ろ姿を追いながら、小暮は心の片隅で、いいものを見せてくれてありがとうと、感謝の言葉を贈っていたのである。

　それから四日後の午後八時半過ぎ。小暮は久しぶりに昔馴染みの小料理屋『今宵（こよい）』の暖簾（のれん）をくぐった。

　外は長梅雨の雨が降りしきって、とても寒い。

『今宵』はサラリーマン時代から、独り身の小暮の胃袋を満たしてくれて、一週間に一度は必ず、畳敷きの小部屋に陣取っていた。

「あらっ、裕さん！　いらっしゃい。わたしのことなんか、すっかりお忘れになっていたと思っていましたのよ」

　いつも小粋な和服姿で客をもてなす女将（おかみ）が、甲高（かんだか）い声を発して、大げさに両手を広げ、迎えてくれた。裾口から伸びた白い腕が目に沁（し）みる。

　長い付き合いである。女将は小暮のことを、裕さんと呼ぶ親しみがあった。

「美味い料理より、美貌満点の女将の顔を急に思い出して、どうしても会いたくなったんだよ。あの世に旅立つ前に、ね」

半分は本音の心根を、歳がいもなく小暮は、ややはにかんで伝えた。

四日前の昼、墓地で目にした若いカップルの愛の交換に出くわさなかったら、おそらくいつものように、夕食は仕出し屋の弁当程度で済ませていただろうが、真実、小暮は女将と会いたくなっていた。

美しい女性の芳(かぐわ)しい香りを、間近で嗅ぎたくなったのだ。

ガンを手術したことを知っている、数少ない女性だったこともあった。

思い出したのは女将の笑顔で、彼女だったら、しばしの時間、商売抜きで付き合ってくれるだろうという淡い期待もあった。

女将の本名は杉原真知子(すぎはらまちこ)。真知子という名前からして、それほど若くない。四十歳の半ばくらいか。結婚しているかどうかも不明だったが、客あしらいは如才なく、一時間ほどの滞在時間で退屈したことは一度もなかった。

「わたしの親友であるヤブ医者が、己の家のキッチンの片隅で錆(さ)びつき始めた出刃包丁を持ち出してきて、わたしの腹を切ったらしい。手術は無事終わって、そいつは言った。患部はきれいさっぱり摘出したから、あと二十年は生き延びることができる。女性を愛でる勇気があったら、早いうちに実行したほうがよろしいと、けしかけられたんだ」

いつものようにウーロン茶を運んできてくれた女将に、小暮は冗談半分で告げた。

長い睫毛をぴくりと震わせたママは和服の裾を気にしながら、小暮の前に正座し、「ご無事のご帰還、おめでとうございます」と、しっとりとした黒髪を丸くまとめた頭を静かに下げ、両手をついて、大真面目な口調で言った。

小粒のサンゴを施した簪まで、なぜか色っぽく映ってくる。

どきんとした。

顔を伏せたとき、女将の首筋が丸見えになり、ほやほやと萌える後れ毛が妙に生々しく映ってきたからだ。この女性の首筋はこんな細っこくて、悩ましかったかなと、見直しながら。

「本復を祝ってくれたのは、女将が初めてだよ。わたしも今年で七十二歳の爺さんになって、誰も相手にしてくれないと、一人で儚んでいたんだが、女将のひと言を聞いて、思いきって手術をしてよかったと、ほんとうに生き返った気持ちになった」

「まあ、お上手ね。裕さんが親しくなさっているヤブ医者様は、お腹だけではなく、頭の中身も手術してくださったみたい。お腹を切る前の裕さんのお口から、こんなわたし想いのお言葉を、お聞きしたことは、一度もございません」

和服の襟元を細い指先でつまみながら、女将はお愛想ではなさそうな言葉を発した。心のこもった女将の声を聞いていると、淡い青磁色の半襟まで、小暮の気持ちを激しくそそってくるのだ。

「腹の具合が悪くなったころから、女性と親しく接したこともなかったせいか、こうして女将を目の前にしていると、正直なところ、今、わたしはかなり緊張しているみたいだ」

「まあ、わたしのことなど、相手にもしていただけなかったのに」

「指折り数えてみると、清廉、潔白なる日々を送るようになってから、八年近く経っているかな」

女将は急に、マニキュアなどいっさい施していない細くて長い指を、正座した太腿の上で折りはじめた。そして目元をほころばせた。

今まで注意深く見たこともなかったが、女将の指に、小皺やシミなど、老いの影は微塵もなく、どこまでもしなやかで美しい。

「それって、ほんとうのことでしょうか」

数え終わったのか、女将は問い直した。

「うん、間違いない。三番目の嫁さんとは無縁で通していたし、老後の暇つぶしと思って始めたアルバイトも忙しくなっていた。そのうち腹の具合が悪くなって、すっかり元気がなくなった。まあ、打つ、買うの遊び事は定年と一緒に、どこかに置き忘れてきたのかな」

「お腹の調子は、それほど悪かったのでしょうか」

「あのね、女将さん。尾籠（びろう）な話で申しわけないんだが、便秘って奴は、結構苦しいんだよ。出ていくものが出ていかないんだから、溜まる一方で、さ。食欲は減退していく。当然の結果として、悲しいかな、女性を愛でる気持ちも薄れていった。今までさんざん戯（あそ）んできたんだから、戯び事からも卒業しなさいと、天命が下ったような気分になったのかな。言いかえると老人病だ。それも、かなりの重症の。なにごとにも意欲が薄れて、やる気がなくなっていった」

和服を着た女将の膝が、ほんの少し前に動いた。

「そうしましたら、あの、この八年ほど、裕さんは童貞さん……、だったとか？」

それは信じられませんというような、ちょっと不思議そうな表情になった女将の顔を、小暮はまじまじと見つめなおした。

頬のまわりに浮いたほんのりとした赤みが、とても健康的に栄えている。細い眉は気丈そうだが、まるい瞳には、幼な女の匂いが残っていた。その上、薄いピンクのルージュを施したやや厚めの唇が、これほど色っぽかったのかと、つい、小暮はこっそり生唾を飲んだ。

だいいち、細面の小顔がかわいらしい。

女将の愛らしい表情を追っているうち、いつの間にか自分の胸のうちに、男の情がよみがえってきたのは、四日前の墓地の出来事が、自分の軀の奥底に、赤い火をぽっと灯してくれたからに違いないと、小暮は一人で合点した。

「八年もの長い時間、孤独な生活を送っていたのに、人恋しさを感じなかったのは、やっぱり歳のせいかな。それに手術をしたあとの五年間は、修験坊主を真似て、美食を慎み、色恋無しで過ごしてきたから、童貞を貫いていても心の痛みはまったく感じなかった」

「信じられません。だってね、こうして久しぶりに裕さんのお顔を拝見しても、全然、お歳を感じませんもの」

運ばれてきた鶏肉と野菜の煮付けに箸を伸ばしながら、小暮は一人で自分を嗤った。

女将には四日前の出来事を、正しく、きっちり伝えたほうが、話がわかりやすく、前に進んでいくかもしれない、と。

女将の目線を意識しながら小暮は、若いカップルの熱烈抱擁、接吻の一部始終を話した。

えっ！　小暮は自分の目を疑った。

女将の手がすっと伸びて、小暮の手元にあったウーロン茶のグラスをつかんで、それは美味そうに飲んだからだ。いわば、間接接吻。和服の袂（たもと）からハンカチを取り出し女将は、そっと唇をぬぐった。

「いいお話ね」

聞きようによっては、いくらか昂ぶった声を、女将は短く発した。

「うん、わたしもちょっとうらやましくなったんだ。できることなら、真似をしてみたいな、と」

「ご両親のお墓の前で、裕さんのキスを受けてくださる女性がいらっしゃるのでしょうか。八年も童貞さんを守っていらっしゃったのに」

「わたしのファーストキスは、今から五十年以上も前の、高校三年のときだったんだよ」

「よく覚えていらっしゃるのね」

「その当時、わたしは夢中になって卓球をやっていた」

「裕さんが？」

信じられませんというような視線で、女将は睨んだ。

「ちっぽけな体型で、でかい男と対等に勝負できるスポーツのひとつだったんだろうな」

「それで、ファーストキスは無事、なさったのでしょうか」

「うん。一年後輩の女の子と、誰もいなくなった夕方、卓球の練習が終わったあとだった。体育館の裏側にある道を歩いているうち、双方の意思が急に熱く交流したのかもしれない」

「ディープで？」

「うんっ？　あれはディープだったのかな。そこまではっきり覚えていないんだが、唇の接触時間はかなり長かった」

「まあ、うらやましい、その一年後輩の女の方が。でも、まさか裕さんの手が、彼女のスカートの内側まで、図々しく入っていったわけじゃありませんでしょう」

「それほど悪(わる)じゃなかったし、まだわたしも、青かった。しかしね、四日前、あの若いカップルの実技をじっくり観察しているうち、その、なんだ……、できることなら、わたしも同じことをやってみたいという、強い衝動にかられたのかな。青い時代の自分を思い出して、さ」

大昔の思い出を話しているうち喉が渇いていた。時の勢いだろうと小暮は、女将が口を付けたばかりのグラスを取り戻し、ごくりと飲んで、口に潤みを与えてやった。

間接接吻のお返しも兼ねて。

「お軀もすっかり回復された裕さんに、優しく接してくださる女性がいらっしゃったら、よろしいのに」

「そこが問題なんだ。生来、男はわがままなもんで、自分の気力が失われていくと、親切心や興味心(ごころ)が根こそぎ消えていくものらしい。以前、親しくしていた女性に連絡をとるのも面倒くさくなって、この数年、ほとんどの女性とは、音信不通のお粗末というわけさ」

「お墓デートも、夢物語になってしまいますわね」

「そう、そのとおり。しかしね、以前と違うのは、なんとかして新人を探してでも、実行してみたいという男の欲が、わたしの軀のどこかで、ぱちぱちと赤く燃えているということかな」

　女将の目尻に細い皺が刻まれた。

　笑ったのか、それとも同情してくれたのか？

「申しわけありませんけれど、わたしは新人さんではありませんことよ。わたしと裕さんのお付き合いは、もう十年以上も昔からで……、その上、その間、裕さんはわたしに、お誘いの声など一度もかけてくださいませんでした。そうでしょう。指一本触れたことがないんですもの。真知子は女ではないと、裕さんからお墨付きをいただいております」

　すぐさま返す言葉が思いつかない。

　今になって考えてみると、女将の小料理屋は、空腹を満たすのみの目的で通っていたらしい。言い訳はいっさいできない。

「どう答えていいのかわからないんだけれど、今のわたしの苦衷（くちゅう）を理解してくれるのは女将だけだと思って、勇気を奮い起こして来てみたんだ。わたしの思い違いだっただろうか」

「そんなにむずかしく考えることもありませんでしょう。真摯（しんし）なお考えで、お墓デートに応じてくださる女性をお探しになったら、一人くらい応募なさってくる珍しい方がいらっしゃるかもしれません」

「皮肉だな。そんなに厳しく、歳よりのわたしを虐めないでくれ」

「以前の裕さんは、もっと堂々となさっていました。女性に媚びることなど、いっさいなさらないで」

自分はなにが目的で女将を訪ねてきたのか、本来の目的を見失いそうになってくる。小暮は頭をかかえたくなった。

そうだ！　この際、女将には、自分の悩みのもう一方を、正しく伝えておかなければならないと、小暮は腹をくくった。まさに、腹を！

「わたしのウーロン茶に付き合うことはないから、女将は盛大に呑みなさい。日本酒でもワインでも」

「わたしを酔わせて、悪いことをしようと企んでいらっしゃるみたい」

「これから東村山の墓地に向かうこともできないから、安心しなさい。それに、わたしはそれほど悪人じゃない」

「いいえ、お酒はいただきません。ですから、真夜中でもお墓まで車を飛ばしましょうか」

二人の話はますますこんがらがっていく。

うまく嚙み合わない。

女将の口っぷりでは、わたしがお墓接吻の相手をしましょうかと、真剣に考えているふうな一面もうかがえてきて。

「その前に、女将にはぜひ聞いてもらいたいことがあるんだ」

グラスの底に残ったわずかなウーロン茶をすすって、小暮は胡坐をかいた膝を乗り出した。ほんのわずか女将は上体を引いた。

なにごとですかと、目で訴えながら。

「あのね、わたしの腹には、醜い手術痕が残ってしまったんだ。あのヤブ医者は、二度と女性の前で裸になれないよう、長い切り傷を残してくれた。風呂に入るたび、わたしはあ奴を恨んでいる。もうちっと短めで、目立たない程度に切ってくれてもよかったのに、とね」

「裕さんは、その傷を僻んでいらっしゃるのね」

言葉を返しながら女将は、憐みの視線を小暮の腹に向けた。

「盲腸くらいだったら、気にもしないだろうが、臍の横あたりから下腹部あたりまで、縦一文字に切り裂かれた。赤い筋が消えない。いや、それどころか、切り傷が赤く腫れてきたみたいでね」

「どなたかにお見せになって、気持ちの悪い傷ね、などと目をそむけられたことがあったのでしょうか」

「だから最前も言ったように、この八年ほど、女性に接したことが一度もなかったから、誰からも正直な感想を聞いたことがないというお粗末なんだよ」

二人の間に沈黙が流れた。

やっぱり、こんな無粋な話を持ち出すのではなかったと、小暮は猛省した。女将の目がにわかに険しくなって、唇をつぐんでしまったからだ。

「ねえ、裕さん……」

しばらくして口を開いた女将の声が、ワンオクターブ沈んだ。

「どうかしたの?」

「あなたがおいやでなかったら、わたしが裕さんの傷痕を拝見しましょうか。わたしはこれでも、人間の情を忘れておりませんし、裕さんとは長いお付き合いでしょう。今までお世話になったお礼です。きっちり見せていただいて、正直な感想をお伝えします。だって、裕さんはわたしにとって、大切なお客様なんですもの。悩みを共有させていただきます」

座布団に座っていた尻が、二十センチ近く飛びあがりそうになった。小暮は必死になって気を鎮めた。

女将の前で裸になるのか！　それはとんでもない。

風呂に入るたび、自分の腹を鏡に映して見るのだが、こんな無様な姿を他人の前でさらすものではないと心していた。ましてや女性の前で。

「女将の気持ちはとてもうれしいんだけれど、しかしね、それは醜いんだ。あのヤブ医者はわたしの老後を台無しにしてくれたと、損害賠償で訴えてやろうかと考えているほどなんだ」

「そうでしょうか。男性の勲章かもしれませんことよ」

「えっ、勲章……？」

「一度テレビで拝見たことがありました。ほら、額の切り傷を誇らしげに自慢なさるお武家様。早乙女主水之介様とかおっしゃって。実在したお方かどうか存じませんけれど、ドラマでは額がぱっくり割れて、そのお顔はそれは勇ましく、ご立派でした」

小暮は腹の中で笑いを嚙み殺した。「旗本退屈男」とわたしを同一視しないでくれ。

しかし笑い話にでもなりそうな女将の慰めは、小暮の憂鬱(ゆううつ)な気分をいくらかほぐしてくれる。

「しかしね、わたしの腹の傷を見て、こんな醜い傷を持った人は、今後、店に来ないでくださいと、出入り禁止を申し渡されたら、わたしは生きていく希望がなくなる」

「裕さんて、ほんとうにお気持ちが小さくなってしまったんですね。万が一にも、わたしがそんなことを申しあげたら、こんな小さな店のことなどお忘れになって、それこそ、もっと気の利いたお店をお探しなさいな」

きっぱり言いきった女将の目元に、優しげな笑みが浮いた。

言われればそのとおりである。

小料理屋など、軒を並べている。

「よしわかった。わたしも覚悟した。恥を忍んで女将に腹を見てもらおう。それで、どこで？」

女将の目が小部屋を一周した。

そしてかなり真剣に考える。

この部屋では、いつ賄(まかな)いさんや板(いた)さんが入ってくるかもしれない。

しばらくの時間をおいて、女将は口を開いた。

「やっぱり、お墓に参りましょうか」

「ええっ、これから？　道は混んでいないだろうが、東村山まではかなり遠いよ」

「そんなに遠くまで行かなくても、このあたりに、墓地はいくつもございます」

「よその墓場を借りるのか」

「ほら、このお店の近くにも霊園がありますでしょう」

「確かに……」

「あの墓地には各界の有名人が眠っていらっしゃるんですよ」

「うん、それは知っている」

「裕さんのお腹の傷を拝見する墓地にしては、最適だと思います。目の肥えた有名人がたくさんいらっしゃいますし、出入り禁止のお札も掛かっていなかったはずです」

この店から車で走れば十五分とかからない。

小暮はつい、小部屋の窓に目を向けた。すでに窓の外は暗闇で、無数の星が瞬いていた。

（これはえらいことになったぞ！）

女将の表情は真剣なのだ。

今になって、やめようとは言い出せない。

「ねえ、裕さん。あと三十分、このお部屋で待っていてくださいな。板さんにお願いして、わたし早引けします。車を持ってきますから」

「悪いね……」

小暮は曖昧な言葉を口にした。

女将に早引けさせてまで見せびらかすものではないだろうと、大いに恐縮しながらも、これは男の再出発を祝う一大イベントになるかもしれないと、小暮は自分の胸のうちのどこかで、小踊りするような悦(よろこ)びを感じていた。

ちょうど三十分後、小暮は支払いを済ませ、店を出た。

すると、豪勢なワンボックスカーが停まっていた。色はシルバー。助手席の窓が音もなく開いた。

「どうぞお乗りになって」

ハンドルを握っていた女性が、声をかけてきた。声につられて小暮は、薄暗い車内を覗いた。危うく見間違うところだった。頭の後ろに丸くまとめていた黒髪は、肩のまわりまで流されていたし、だいいち、小粋な和服姿は洋装に変化していたのだ。

白っぽいカーディガンの内側に着ているオレンジ色のブラウスが、とても上品に映る。

ひと言で表現するなら、ずいぶん若返っている。

そもそも女将の小料理屋には十年以上も通っていたが、女将の洋装は初めて目にした。座っているからよくわからないが、スタイルもなかなかよろしい。

「お墓デートのためにわざわざ着替えてくれたなんて、うれしいな」

「だって、東村山の墓地で逢引きをなさっていたカップルさんの女性は、セクシーなミニスカートを穿いていらっしゃったんでしょう。わたしだって、負けてはいられません」

小暮の胸はまたしても、激しく熱くたぎった。

男の感情がよみがえったのか。助手席に座りながら小暮は、こっそり女将の太腿付近に目をやった。車内は薄暗くてはっきり確認できないが、ブラウスと同色のオレンジ色のスカートの丈（たけ）はかなり短い。

膝小僧は丸見え。

女将の年齢は今もって不詳だが、初めて目にする洋装からは、健康的で、しかも匂いたつような若さを漲らせていると、歳がいもなく小暮は、自分の胸のうちの昂ぶりを抑えることができなくなっていた。

高速道路の橋げたの下をくぐって車は、暗闇に没する脇道に入った。女将のハンドル捌きは巧みだ。運転に慣れている。

脇道に入って百メートルほど。女将はブレーキを掛けた。ライトを消す。ぽつんぽつんと点在する青白い街灯の小さな明かりが、なおさらのこと、そのあたりの暗さと静寂さを伝えてくる。

「降りましょうか」

女将の声がほんのわずか震えて聞こえた。

「ここで?」

「人目につくといけませんから、奥のほうまで歩きましょう」

幽霊や亡霊の存在など信じたことはないが、暗闇に沈んだ墓石の行列は、やっぱり、薄気味悪い。それでも小暮は、そろりと車から降りた。運転席側から降りた女将がすぐさま近寄ってきて、かなりの力で腕を絡めてきたのだった。

気丈そうな女将だって、気味の悪さは同じなのだろう。

そのとき小暮は左の二の腕の内側に、柔らかい肉の盛りあがりを感じた。間違いない。女将の乳房が重なってきたのだ。どきんとして小暮は、つい、女将の横顔を覗いた。胸の膨らみが柔らかすぎる。もしかしてブラジャー不着用！　何年ぶりのことだろう。女性の胸と接触したのは！　その膨らみが、小暮に絶大なる勇気を与えてくる。

真っ暗闇の墓場など、怖くない。

「行きましょう……」

小声で言った女将の声につられた。いつまでも足を竦ませていては男がすたる。比較的ゆとりのある墓石の隙間を縫って、当てもなく歩いた。

そのとき小暮は気づいた。

墓の下に埋まってしまえば、有名人と一般庶民は同列なのだ。上下の隔てはない。仏になった皆様は、今、安眠していらっしゃるのだろうと思い直したら、前に進む足がしゃきんとした。

数分歩いた。

あたりはまさに漆黒の闇。

「このあたりで、いかがでしょうか」

女将のささやきが、耳たぶを震わせた。

「しかしこの暗さでは、腹の傷も見えにくいだろうに」

「いいえ、ご心配なく。ちゃんと、ペンシルライトを用意してまいりましたから」

「ええっ、懐中電灯を？」

「はい。準備に怠りはありません」

女将は本気なのだ。わたしがあなたのお腹の傷を、きっちり見定めてあげますと言った言葉は。

どこからか抜き出してきたのか女将の手にあったちっぽけなライトが、青白い光をぽっと灯した。あたりが暗いせいか、小さな明かりがとてもまぶしい。

小暮は完全にあきらめた。和服から洋装に着替えてきてくれたし、懐中電灯まで用意されていたら、もはやあとに引けない。

「セーターやシャツを、たくし上げればいいんだね」

「はい。できるだけ広く見せてください」

シャツをたくし上げ、次の目的に向かって正当に進むのだったら、手の動きも速くなるだろうが、醜い傷痕を見せるというだけでは、動作がのろまになる。それでも小暮は、セーターとシャツを胸の上までずるりと引き上げた。

女将の足が素早く真ん前に移動した。

どきんとした。ペンシルライトの青白い光が、腹のまわりをまぶしいほど照り付けてきたからだ。

女将の足が半歩、前に出た。やや腰を屈めて小暮の腹を覗いた。それはしげしげと。

「裕さんは、七十二歳になられたのでしょう」

「今年の誕生日がきたら七十三になる。しかし四捨五入すると、わたしはまだ七十歳だ」

へ理屈をこねた。

「確かに手術痕は残っていますが、裕さんのお軀は、まだまだお若いのね」

「誉めてくれてありがとう」

「わたしの父は今年、七十三になったんですよ。でもね、お腹はすっかり贅肉（ぜいにく）がついてしまって、ぶよぶよなの。裕さんのお腹は、贅肉もなくて、お元気そのものです」

老化を防ぐため、運動に励んでいたわけではない。が、今のところ、でっぷり腹の兆候は見られない。

「定年を迎えるまで、連日のように、腕立て伏せのトレーニングに精を出していたせいかな」

「えっ、腕立て伏せを？」

「美しい女性を腹の下において、汗水を垂らしながら上下運動に励んでいた、ということ」

「まあ！」

ひと声発した女将の上体が、ぐらりと揺れたように見えた。

「か弱い女性を真上から圧迫したら、かわいそうだろう。圧死されても困るから、できるだけ圧力をかけないよう、極力注意しながら運動していたのかな」

冗談でも口にしていないと、この不細工な恰好は維持できない。

腹に向けられていたペンシルライトが、だらりと下を向いた。

クリーム色のミュールを履いていた女将の両足が、砂地をこすって急接近してきた。

「いきなりのお惚気ですか」

女将の生温かい息づかいが吹きかかってくるほど、二人の顔は近づいた。

「女将の優しさと勇気に、触発されたようだ。くだらないことを言って、申しわけない」

「いいえ。でもね、ひとつだけ反論させてください」

「なにを？」

「女がほんとうの幸せを感じるのは、愛しい男性の重みを全身で受けとめるときなんですよ。無重力の中で愛されても、ほんとうの昂奮は味わえません」

「それは、ごめん。これからは注意しよう」

「まあ、この八年もの長い間、童貞さんだったのに、もうやる気になられたのでしょうか」

「女将にけしかけられて、ね。七十二歳になって、やる気満々になってきたみたいだ」

女将が手にしていたペンシルライトが、ことりと小さな音を立てて地面に転がった。

「裕さんの軀の重さを感じるのは、ほかの女性にお任せしても、ねっ、高校時代を思い出して、わたしとキスをしても、罰は当たりませんでしょう。お腹の傷痕の点検は済ませていただきましたから」

言葉の終わらないうちに、女将の両手が小暮の首筋に巻きついた。にわかに信じられないほど、女将の行動は積極的になってくる。真っ暗闇の墓場という異常なシチュエーションが、女将の心を揺さぶったのか。

裸になった小暮の腹に、ブラウスの胸を寄せつけてくる。

暗闇の中で小暮は、女将の顔を覗いた。胸に当たってくる女将の軀から、激しい動悸が伝わってくるのだ。

(わたしはどう受けとめるべきか)

判断に迷った。

が、はだけた腹のまわりに伝わってくる女体のぬくもりが、男の欲望をますます加速させていく。

男の昂奮など、すっかり忘れていたはずなのに。

「八年もの長い時間、女性とは隔離(かくり)された生活を送ってきたせいか、女将の軀とどう対処していいのか、迷ってしまってね。うまく説明できないんだけれど、気持ちの持ちようと、実際の行動が、ばらばらになっていくみたいで」

「お腹の傷を見てくれたお礼に……、くらいに、考えてください」

「見苦しくなかったのか」

「はい。そうだわ。お口のキスをする前に、お腹の傷を味見させていただきましょうか。不潔とか汚そうなんてわたしが考えていたら、お腹に唇をつけることはできませんでしょう。論より証拠です」

　そこまでしてくれることはないんだ……。腹のうちで強く拒んだものの、その瞬間の刺激を想像したとき、小暮の下腹に強い脈動が奔った。どっきんどっきん、と。しかもその上、男の象徴の先端がびくりとうごめいた。

　こんな感触は、すっかり忘れていた。

(わたしもまだまだ、捨てたものじゃなさそうだ)

　熱い血が通っている。

　いつの間にか、ずいぶん老いぼれてしまったと悲観していた己の肉体を、誉めてやりたくなった。

「腹に唇を寄せられたら、わたしは我慢できなくなって、女将のスカートの中に手を入れるかもしれない。いや、東村山の墓地で愛し合ったカップルの男は、彼女の下着の内側まで、指をすべり込ませていた」

「裕さんも、そこまでお望みですか」

女将の目が下から目線になって、見つめてきた。呼吸を荒くして。

「だめかな」

「それでは、その前に……」

小声をもらした女将の上体が、ゆっくり沈んでいった。

思わず小暮はしっかり目を閉じ、やや腹を迫り出した。

女将の両手が脇腹に張りついた。手のひらがいくらか湿っている。そして指先を小刻みに震わせている。

うっ……。小暮は小声をもらした。臍の脇に生ぬるい粘膜がすべったように感じて、だ。次第にずり下がっていく。間違いない。女将の舌先が傷痕を舐めとっていくのだ。

それは丹念に、舌先をすべらせて。

無意識に小暮は両手を伸ばし、女将の頭を両側から挟んだ。

汗っぽい。生ぬるく湿っている。小暮の指は長い髪にもぐり込んでいく。それでも女将の舌のすべりは止まらない。ほんのわずかなざらつきが、腸に、つーんと沁みてくるのだ。

ああっ！　またしても小暮はうめいた。女将の指がズボンのベルトをほどき始めたからだ。

これっ！　そこまですることはないんだ。臍のまわりで充分！　が、女将の指の動きは止まらない。

確かに、腹の傷痕は、黒い毛の間際まで続いていた。

女将はそこまで舐めとろうとしているのか。

女将の指の動きが一瞬、止まった。

「今夜は、わたしの好きにさせてくださいな。動いたら、いやですからね」

女将とは、十数年にわたる長い付き合いだったが、ハートの奥底から絞り出してきたような女の甘え声は、初めて耳にした。

わたしたちはそんな関係ではなかったはずなのにと思い直しながらも小暮は、この女性にはこんなにかわいらしい一面があったのかと、抵抗する気持ちが消し飛んでいく。

女将の舌が離れていった。

「ほんとうのことを言うわ。わたしはとっても悔しかったの、あなたが一度も誘ってくださらなかったから。お待ちしていたんです。でもね、女のわたしからお誘いすることもできないでしょう。わたしはこんなお仕事をしていますから、お仕事用と勘違いされたら、もっと寂しくなっていくと思って」

切れ切れの声が下腹を撫でていく。生温かい息づかいを道連れにして。

女将の髪にすき入れた指先に、自然と力がこもっていく。

「わたしも遠慮していたのかもしれない。女将さんには、その……、隠れた男がいて、いつも監視されていると考えたりして。」

「それじゃ、少しくらい好きになってくださったこともあったのでしょうか」

「うん、腹を切る前ね。何度か勇気を奮い起こして、誘ってみようと考えたりしたことがあったんだが、ヤブ医者に割腹(かっぷく)されて、わたしの勇気は頓挫してしまった」

「でも、よかった」

「なにが？」

「ヤブ医者様にお腹を切られたから、こんな素敵なチャンスに巡りあえたんです。二人でヤブ医者様に心のこもったお中元でも持っていきましょうか」

いつまでも冗談を交わしている余裕がなくなってくる。

女将の息づかいを腹のまわりに感じているうち、トランクスの内側で大人しくしていた男の肉に、熱い力が漲ってきたからだ。

これなら充分つかえそうだ。

自信らしきものが、胸のうちに渦巻いてくる。

（七十二歳になっても、これほど元気になっていく力が残っていたのか！）

小暮は己を見直した。男の力を掘り返してくれたきっかけは、あの若いカップルの瑞々しい抱擁、接吻だった。

「今ごろになって、実は女将のことを……、いや真知子さんを愛していたんだ、なんて、取って付けたようなことを言っても信じてくれないだろうな」

「いいえ、男性も女性も年齢を経ていくと臆病になっていくものでしょう。自分の体力とか容姿に自信がなくなっていって。ねえ、わたしの歳、ご存知ですか」

「いや、知らない」

「当ててみてください」

しばらく小暮は考えた。四十代の半ばと見ていたが、そのとおりを、正直に言っていいものかどうか、迷った。どれほど親しくなっても、女性の年齢を正すことは失礼な場合がある。

「わたしにとって、女将の歳など、どうでもいいことなんだ。女将の気配りとか優しさで充分満足しているんだから」

「いいえ、当ててください。ほんとうの歳とかけ離れていたら、わたし、泣いてしまいますからね」

　ああっ！　思わず小暮は腰を引いた。

　女将の指がズボンのベルトをはずし、ファスナーを引き下げはじめた。

「もう一度、顔を見せてくれないか」

「ああん、どうしてですか」

「あのね、今、思い出してみると、女将の歳は十年ほど前、初めて会ったときと、全然変わっていないようでね。お世辞じゃないよ。だから、そうだ！　女将の唾を味見させてもらったら、わりと正しく、女将の歳を判断できるかもしれない」

「唾の味が歳によって変わっていくのでしょうか」

　女将は見あげて問いかえした。

「ほんとうはね、年齢なんか、どうでもいいんだ。半分死にかけていたわたしの軀をこんなに元気にしてくれた女将の……、いや真知子さんと、一秒でも早く唇を合わせたい。それに…、いやじゃなかったら、確かめてくれないか、わたしの男の肉の硬さを。その硬さが男の自信につながっていくんだ」

「ねっ、それじゃ、さわってもいいのね」

「気持ち悪がらないでね。できたら、トランクスの中に手を入れて」

言葉を継いでいるうち小暮は、昂奮の身震いを止めることができなくなった。女将を相手に、こんな無作法なことをやってもいいのだろうかという、わずかな反省をこめながら。

「裕さんに言われなくても、わたし、感じています、さっきから。わたしの手に当たってくるんです。むくむくと、揺れたりして。わたしも、ねっ、ほんとうに久しぶりに、昂奮してきました。忘れかけていたわ、女の悦びを。ああん、さわり方が下手だって、怒らないでくださいね」

中腰になった女将の手が、トランクスのゴムを掻いくぐった。

どこかこわごわとした指の動きが、もじもじとずり下がってくる。

思わず小暮は、腰を迫(せ)り出した。

「裕さん……」

女将の口からかすれ声がもれた。

その瞬間、股間の奥底に、熱い脈動がつん抜けていくような快感に、小暮は一瞬、放心した。たぎり切った男の肉の根元に、女将の指がひたりと巻きついてきたのだった。

第二章　欲望は時、場所を選ばず

どうやってここまで歩いてきたのか、小暮裕樹はほとんど覚えていない。よほどあわてたのか、急いだせいか。

気がついたとき、霊園の塀際に大きな枝葉を張り出している樹木の陰に、二人は呼吸をはずませ、隠れるようにひそんでいた。

街灯の明かりは届かない。女将の顔を、薄っすらと映し出しているのは、漆黒(しっこく)の空にぽっかり浮かぶ月が照らす青白い光を、かすかに受けているからだ。

「裕さんは逃げ足も速かったのね」

胸板に埋もれた女将が、ちょっとばかり意地悪そうに、さもおかしそうに、くすんと笑った。

「誰もいない夜中の墓地でも、さすがに、表通りは気が引けてね。木陰に隠れたら、お墓の下で安眠なさっているご先祖様各位に、迷惑がかからないだろうと思ったのかな」

「裕さんたら、おかしいの。わたしの手は、裕さんのパンツの中に入っていたんですよ。それなのに、ものすごく邪険に引きぬいて、ベルトを締めなおして、おまけに転がっていたペンシルライトを拾って、全力疾走なさったんです。いたずら坊やが、隠れんぼをしているみたいでしたよ」

照れまくって小暮は、頭を掻いた。

みっともない恰好を見せてしまった。

が、東村山の墓地で、白昼堂々、愛のセッションを繰り広げた青年たちほどの勇気はない。たとえ闇夜であっても、愛の睦み合いは他人様、仏様の目を避けるものと考えるのは、古希(こき)を超えた男の良識だったのかもしれない。

「女将は……、いや、間違った。真知子さんは大通りの真ん中でも平気なのか。あそこは、霊園のメインストリートなんだよ」

「はい。裕さんがお相手でしたら、銀座の歩行者天国でも、喜んでお付き合いさせていただきます。まわりの皆様は、きっとうらやましく思われるでしょうね。中には涎(よだれ)を垂らしたりして」

女将の気迫に小暮はたじたじ気分。

畏(おそ)れ入りました。

しかし、この女性にこれほどの情熱があったとは、十年以上の付き合いなのに、まるで知らなかった。

「正直言うと、ちょっとびっくりしたんだ」

胸板に寄りそってくる女将の腰のまわりに手を添え、小暮は本音を告げた。

「なにを、でしょうか」

見つめてきた女将の瞳が、月明かりに反射して、きらりと光った。

「いきなり握ってきたからさ。女将のやることは大胆すぎる」

「でも、わたしも驚いたんです」

女将の上体がさらに重く圧し掛かってきた。

「なにを？」

二人の会話は、いったりきたり。

「とっても太くて、硬くて。七十歳を超えた男性の力量なんて、わたし、もちろん存じておりませんでしたよ。でもね、裕さんは八年近く童貞でいらっしゃって、その上、大病をなさって、体力的には衰えていると想像していましたのに、握った瞬間、それは力強く、ぶるんと揺らいで、わたしの指がまわり切らないほど太くなっていきました」

進行形の表現がおもしろい。だとするとわたしの肉体は、女将の指の動きに大いなる刺激を受け、超高速で成長していったらしい。

うれしいやら、恥ずかしいやら。

「そんなに元気だったのか」

「はい。普通の方でしたら、少しくらい緩んでいてもおかしくないと思います。二十代や三十代の青年とは違いますでしょう」

「きっとね、真知子さんがわたしの腹に、気持ち悪がらないでキスをしてくれたからだ。真知子さんの唇の気持ちよさが、下腹にずーんと響いてきたからね」

「ねえ……」

短いひと言を発した女将の顔が、向きなおった。

真っ正面から。

その仕草が、いじらしい。

「わたしにとって、今夜は忘れられない日になるな」

「東村山のお墓で愛し合った若いお二人は、長いキスをなさったんでしょう」

「うん。わたしが目を逸らしたくなるほど長かったし、情熱的だった。きっとあの二人は、愛し合っていたんだろうな」

「うらやましくなった、とか？」

「わたしも真似をしたくなったさ。しかしね、年寄りはいろいろな問題をかかえていて、すぐさま積極的になれない悲しさもあるんだ」

「問題って、どのような？」

女将の顔がさらに接近した。

下から睨みつけるような恰好になって。

「聞いてくれるかな」

「いいわよ。今夜のわたしは裕さんの、コンサルタントにもなってあげます」

「そんな大げさなことじゃないんだが、改めて自分の身のまわりを考えると、深刻な面もある」

「奥歯に物が挟まったような、そんなまわりくどい言い方をなさらないで、はっきりおっしゃってください。わたしはね、裕さんのお腹にキスをさせてもらいましたし、パンツの中に手を入れて、ああん、あんなに大きくなったあなたをしっかり握った女です。お互いに遠慮は無用としませんか」

「それじゃ、感想を聞かせてくれるかね」

小暮は大きく深呼吸した。

女将が相手だったら、隠すことなく、話せるかもしれない。

「その代わり、わたしをしっかり抱きとめておいてください。びっくりして気を失い、倒れるかもしれません」

半ば脅しだが、女将の言いまわしに、長年連れ添ってきた恋女房の慈悲がこめられているような。

小暮は両手を伸ばした。脇腹に手をまわす。

女将の下半身が、ゆらりと重なってきた。

小暮は思い出した。東村山の墓地で抱き合った若い男女の腰が、お互いの局部をこすり合わせて、ゆるゆる、こねこねとグラインドしたことを。

よしっ！　と、気合いをこめたが、それほど大胆に腰は動かない。

「あのね、歳を食ってくると、僻みっぽくなってくるというのか、心配ごとが増えてくる」

「ですから、なにを？」

女将はさも面倒くさそうに、せっついた。

「簡単に言うと、口臭なんだ」

「えっ、お口の臭い……？」

「加齢臭とでも言うのかな。朝と夜、きっちり二回、歯磨きはしているよ。しかし気になるんだ。それに何度も言うけれど、この八年ほど女性とは無縁だったから、口の中に雑菌が溜まって、悪臭を放っているかもしれない」

が、飛びつくようにして女将の両手が首筋にまとわりつき、二人の唇はぴたりと重なった。

ああっ、急になにをするんだ！　塀際まで逃げ延びてはいるものの、この地は墓地だった。大声を発してはならない。

（こうした場合、どうしたらいいのだ？）

年寄りの質問に、まだ答えが返ってこない。

うっ！　小暮はうめいた。

女将の舌が、それは強引に、小暮の唇を割ってきた。ぬるぬると差しこんでくる。女将の息づかいが荒くなっていく。

唇はなかなか離れない。

差しこまれてきた舌先を、小暮はこわごわ舐め返した。

接触時間は一分を超えていたかもしれない。

生温かい息を、ふーっと吐き出した女将の口が、やっと離れていった。

「真知子さんは乱暴だな。返事をしないで、いきなり唇を合わせにくるなんて」

「言葉では、どうにでもお返事できます。ごまかしも利きます。ですから、わたしは行動でお示ししたかったのです。いやな臭いだったら、こんなに長いキスはできませんでしょう」

「そうすると、合格点をもらえたとか？」

「ねっ、もう一度……」

ふたたび女将の両手が巻きついてきた。

つま先立って、顔を寄せてくる。

「わたしはね、二十歳も若返った気分だよ」

「裕さん、あまりお歳のことを、お考えにならないでください。五十でも七十でも、女は素敵な男性に、こうして優しく抱かれているときが一番幸せなんです」

女将の下半身がうねるように、ふたたび重なった。

股間を押し付けるようにして。

東村山の墓地で盗み見した、若いカップルと同じ体勢になってくる。

思わず小暮は、股間を押し返した。

男の肉が息を吹き返していた。トランクスをこすって、そそり勃ってい たのだ。

男の肉の回復が、小暮の手の動きを活発にしていく。ウエストを抱いていた右手を、すべり下ろす。スカートに包まれたゆるやかな肉の盛りあがりが、びくびくっと跳ねた。

女将の臀の豊かさを、小暮はそのとき初めて知った。しかもなかなか健康的に引き締まっているのだ。

下から上に向かって、支え上げる。その肉感が、男の肉をさらに迫りあげた。

「あーっ、裕さんの手、猥らしい。わたしのお臀をいじっているんですよ。でも気持ちいいの、とっても」

女将の声が、浮いたり、沈んだり。

「スカートが邪魔だと言ったら、怒られるだろうか」

「そんなこと、お聞きになってはいけません。こんなに昂ぶった今の雰囲気を、壊してしまいます」

女将のひと言に緊張の糸が、ぷつりと切れた。

臀の頂に張りついていた小暮の手は、スカートの裾に向かってずり下がっていき、たくし上げた。

その瞬間、二人の唇はふたたび、音を立てて重なった。

一回目のキスは、おどおどしていたが、女将の唇の隙間に素早く差しこんだ小暮の舌先は、勇猛果敢。ぐいぐいとこね入れていく。二人の舌が湿った粘り音を響かせる。

もう止まらない。

たくし上げたスカートの裾から、手を差しこんだ。

指先に当たってきた太腿の裏側を、撫で上げていく。むっちりとした肉づきに指が埋まっていくような。

何年ぶりだ！　男の肉欲をこれほど激しくそそってくる感触を、生々しく、激しく揺さぶってくるのは。

「わかった。真知子さんの歳は、三十九。どうだ、ぴったりだろう」

舌の絡まりをほどいて小暮は、自信満々に答えた。

いくらか顔を反らして女将は、小暮をまじまじと見返した。

「本気で、そうお考えになったのですか」

「うん、真知子さんの太腿のさわり心地は、逸品だ。わたしの手にぴったりと貼りついてくる。言い方は悪いが、脂が乗りきっていて、ね」

「女のわたしには、とってもうれしいお答えですよ。でもね、八年間も孤独な隠遁生活を送っていらっしゃったせいか、裕さんのお指の感覚は、ずいぶんずれています」

「えっ、そうすると間違っていた、とか？」

「はい、大幅に」

「それは、ごめん。でも、まさか二十代じゃないだろう」

びっくり仰天したような女将の顔が、長い髪を散らし、小暮の肩にことんと落ちた。しかも必死に笑いを嚙み殺している。息を詰まらせているのだ。

「裕さんはもう一度、ヤブ医者様の病院に入院なさって、指の神経を手術していただいたほうが、よろしいと思います」

「おいっ、女将！　いやごめん、真知子さん、わたしの推量はそんなに狂っていたのかな」

「よろしかったら、もう一回、わたしの太腿を撫でてください。さわり方が足らないのかもしれません。もっと上のほうまでですよ」

当てずっぽうでも、お世辞でもない。

指先に当たった太腿のたわみ、しなやかさ、瑞々しさは、男の情欲を赤く焚きつけてきたのだ。

が、大幅に間違っていたとすると、女将に失礼である。

再度、小暮はスカート内側に、そろりと手を差しこんだ。指先の神経を鋭くして、撫で上げていく。いくらか汗ばんでいるような張りつめた肉が、ぴくぴくっと痙攣(けいれん)した。

「ねっ、もっと上のほうまでいらっしゃってください」

喉に詰まったような女将の声が、耳たぶを震わせた。

「すでに、かなり上のほうまで進ませているんだが」

「いいえ、そこでは、下すぎます」

女将はつま先立った。

さらに手を進ませていいものかどうか、小暮は悩んだ。あと十センチもさすり上げると、臀の盛りあがりの麓(ふもと)に到達する。

が、小暮はいらついた。わたしも臆病な男になり下がってしまったものだ、と。その昔は遠慮会釈なし。今ごろはきっと、臀の割れ目深くに差しこんでいただろう。しかし女将の様子から察するに、早くわたしのお臀の奥まで来てくださいと、せっついているふうにもうかがえるのだ。

あっ！　小暮は己の股間の異常に注意を向けた。

トランクスが湿っているように感じた。

おおよそ八年ぶりに感じた男の昂奮は、先漏れの粘液をもらし、トランクスを濡らしたらしい。先漏れの粘液は、若さの象徴ではないか。自分もまだ捨てたものではない。

たった数滴の男の滴（しずく）を感じて、小暮はぶるんと身震いした。

反動的に手は動いた。

一瞬、小暮は首を傾げた。

あるものがない！　手に当たってきたのは、なめらかな肉の盛りあがりのみで、秘所を隠す布に当たらないのだ。

（どうした？　穿き忘れてきたのか）

聞いてみたくなったが、声にならない。

「裕さんの手は、とっても温かいのね。ありがとうございます。久しぶりに、ほんとうに久しぶりに、今、わたしは女の悦びに浸っているんですよ」

「わたしもどんどん意欲的になっていくんだが、どのあたりから立ち入り禁止区域になっているのか、判断に苦しんでいるんだ」

「裕さんの判断に、お任せします」

「あのね、もう一度説明するが、東村山の墓地で愛情交換をしていた若いカップルの青年は、彼女のスカートをめくり上げた」

「はい、何度もお聞きしています。真似をしたくなったのでしょう」

「そうなんだ。青年の手はスカートをめくったあと、その、彼女の下着……、すなわちパンツの中に侵入していった。淡いブルーだった」

「裕さんは視力も健全だったんですね。二十メートル先の女性のパンティの色まで、はっきり識別なさっていたんですもの」

「そんなに茶化さないでくれ。ようするに、彼女は淡いブルーのパンツを着用して、女の聖域を守ったんだろうな。これから先の出入りは禁止ですと、無言で訴えていたとか」

「そうかもしれませんし、それとも、その先は場所を変えてと言いたかったのでしょうか」

「しかしね、真知子さんの臀には、境界線らしきものがないんだ。どこまで指を進ませても、すべすべ、つるつるだ」

「あら、わたしだって、ちゃんと穿いておりますよ。裕さんはさわり方まで、下手になったみたい」

「いや、真知子さんの臀は、丸出しだ。覆うべき布がない。穿き忘れてきたんじゃないだろうね」

「では、ご覧になりますか」

「ええっ、真知子さんの臀を！　ここでか？　でもね、あたりは真っ暗で、なにも見えない」

「ですからわたしは、ペンシルライトを持ってきたのです」

だんだんわからなくなってくる。この女性の思考回路とか、魂胆（こんたん）が。

どこに隠し持っていたのか女将は、ペンシルライトを持った手を、すっと差し出してきた。

あわてて小暮は、あたりを見まわした。

昼日中（ひるひなか）はピイチク、パアチクとさえずっているだろう野鳥も睡眠の時間らしく、羽ばたき音も聞こえてこない。

が、明らかに小暮は、己の昂ぶりを抑えられなくなっていた。

唇の端から、涎がこぼれそうになったのだ。あわてて吸いとった。

「わたしが、スカートの中に潜りこむわけにもいかないしな」

小暮は動転している。気はそぞろ。

女将のスカートはタイトで、男が一人忍びこむ余地など、どこにもない。

闇夜の中に小暮は、目を凝らした。

女将の軀が反転したのだ。暗闇に慣れてきた目に、女将の動きがかろうじて映った。大木の幹に両手を預け、背中を向けてきたのだった。ほんのわずか、腰を迫り出すようにして。

「さあ、遠慮なく、ご覧になってください、わたしのお臀を。スカートをめくってですよ」

いくら闇夜でも、それは破廉恥な。

少なくとも、古希を超えた老人と、四十路前後らしい常識のある女性が、御仏様の目をかすめて耽る余興ではない。

しかし女将の声は、待ったなし。せっつかれた。手にしていたペンシルライトを一旦ポケットに入れ、小暮は度胸を決めた。これからの行為は、強姦でもセクハラでもない。合意に至っているのだ。

女将の真後ろに近づいて小暮は、スカートの裾に指を掛け、ずるりとめくり上げた。小暮は必死に目を凝らした。暗闇の中に、美しい円形を描く臀の丸みが、ふわりと浮きあがったように見えて。

が、やっぱり、ない。ほぼ剝き出しだ。

「さ、ライトを点けてください。わたしのお臀は今、裕さんお一人のものですからね」

ポケットを探ってペンシルライトをつかみ出す。そして、スイッチを入れた。ぽっと灯った青白い光の輪の中に、真っ白な肉のたわみが浮きあがった。左右均等のハート型。

が、やっぱり見当たらない。声を出しそうになったとき、小暮はあわてて口を塞いだ。臀の割れ目の奥深くに、一筋の細い紐が埋めこまれていたからだ。色は濃い紫のような。

「似合っておりませんか、わたしのTバック……」

似合うも似合わないもない。

紐のみなのだ。

ふーっと深い息を吐き出しながら小暮は、細い紐を埋めこんだ臀部の真ん前に、腰を沈めていた。

サラリーマンの現役だったころ、何度か見たことがあった。

着用していた女性は二十代のヤンガールだったが、小暮は嫌味を言ってやった。こんな下着は、防寒用にも防護用にもならんだろう。それに割れ目に強く食いこんで痛そうだ。これは紐パンだな、と。

痛いか痛くないかの答えは聞き忘れたが、布地をできるだけ倹約した代物なのに、たいそう値が張る下着だったらしい。

その紐パンを女将が着用していた。

「その、なんだ、極細のパンツが似合うかどうかの感想より、真知子さんのお臀の形は見事だ。麗しいと言うのか、悩ましいと言うのか、まさに垂涎（すいぜん）の逸品だ。手のひらをぴっちりあてがい、撫でまわしたくなる形だ。恥を忍んで白状すると、ついさっき、迂闊（うかつ）にも涎を垂らしてしまいそうになった」

「まあ、うれしい。よろしいですよ。また涎が出そうになったら、おっしゃってください。わたしが吸いとって差しあげます」

女将のひと言ひと言が、小暮の気分を、まさに天にも昇る勢いで沸騰させていく。

が、やっとのことで喪が明けた数日後、これほど刺激的なシチュエーションに遭遇するとは、夢にも出てこなかった。

「だんだんわからなくなってきた」

「なにが、でしょうか」

振り向いて女将は、散らばった長い髪を指先ですきあげた。

「真知子さんの歳が……。紐パンも似合っているんだから、二十代後半にも見えるし、たおやかなお臀の肉づきから察すると、四十代前半にも見えてくる」

「ねえ、裕さん、わたしの歳など、もう、どうでもいいの。それより、わたしのお臀を撫でてください。わたしのお臀は、あなたの手を待っているんです。それから、パンティの中に手を入れて……」

ちょっと待ちなさい。余分な布はない。指を差しこんだら、そこは臀の割れ目の狭間で、数センチも進ませると、女の秘所に突き当たる。

が、己の全身に蛮勇の昂ぶりが奔りぬけていったことを、小暮は感じた。

「不浄の肉の代表選手である指を、細い紐の内側に送りこむような、不遜なことはでないな」

「あん、おいやなの？　汚いとか？」

「指の代わりに舌ではどうかなと、思って」

えっ！　いきなり甲高い声を発した女将は、腰をよじって振り向いてきた。

「それって、あの、Tバックの内側に、舌をつかってくださるとか？」

「たった今、二人はキスをして、完全滅菌されているはずだから、どこを舐めても汚くない」

「真面目にそんなことを、おっしゃっているのでしょうか」

「真面目も真面目、大真面目。わたしは真剣なんだ。つい今しがた、真知子さんは涙が出るほどうれしいことを言ってくれたし」

「どのような」

「涎が出そうになったら、吸ってあげる、と」

「でも、多分、ねっ、わたしのそこも、もう泣いているんです。涎ではなくて、女の涙が滲(にじ)んでいます」

「そのくらいのことは、わたしだって、わかっているさ。ぬるぬるして気持ちが悪かったら、わたしの舌できれいにぬぐってあげようと思って、ね」

「ほんとうに？」

「やらせてもらえば、一心不乱に」

「あーっ、裕さんて、ほんとうに素敵な男性だったのね。だって、わたしは今日一日、お仕事をして、シャワーも浴びていないんですよ。それでも平気なんですか」

「ますます味が濃密になって、わたしの舌を蕩(とろ)けさせてくれるかもしれない。それにね、わたしの腹を切り裂いたヤブ医者が、偉そうに言っていた。お前さんの胃袋は、歳のわりに丈夫にできているとね」

ああっ！　小暮は危うく声を出しそうになった。

女将の指が臀の割れ目に差しこまれ、細い紐をつかみ取るなり、するりと横にずらしたからだ。あわてまくった小暮はペンシルライトの青白い光の輪を、剝き出しになった臀部の中央部分にあてがった。

一条の肉の割れ目は奥深い。

女将の腰がさらに折れた。臀部を突き出すようにして。

昂ぶりの極限に達したのか、己の軀の震えが止まらなくなったことを、小暮は自覚した。ペンシルライトを持つ指先まで、ぶるぶる震えているのだから。

「真知子さん、わたしのお願いを聞いてくれないか」

声まで震えていた。

「裕さんのおっしゃることなら、なんでもお聞きします。おっしゃってください」

「もう少しお臀を突き出して、太腿を開いてくれないか。今はしっかり閉じられているので、奥のほうまで舌が入りにくい」

「ああん、裕さんは、本格的に猥らしい男性になってしまったんですね。太腿をもっと開きなさいなんて」

「真知子さんの勇気に触発された、というのかな。軀全体がぎらぎらして、おさまりがつかなくなってきた」

小暮の心拍数は、間違いなく高まっている。

胸板の内側に、心臓の高鳴りが痛いほど響いてくるのだ。

瞬間、小暮は目をそばだてた。女将の左足がすぐそばにあった岩に乗っかったからだ。両手は大木の幹に添えたまま。高さは五十センチほど。

太腿が開ききる。

すっかりずり上がってしまったスカートは腰のまわりで皺になっているが、割れ目の奥から引き出された細い紐は臀の頂あたりまでずれあがっていて、股間の奥がさらしものになったのだ。

小暮は腰を低くして、覗きこんだ。ペンシルライトの明かりをあてがって。

このような角度から、女性の局部を覗きこんだ記憶はない。

ましてや墓地の片隅で。

「見えましたか」

女将の声がかすれていく。

「ああ、とてもリアルに。しかしわたしの想像とは、大きくかけ離れていたね」

「ああん、どんな想像をなさっていたんですか」

樹木の幹に両手を添え、腰を深く折り、しかも左足の踵(かかと)を岩の上に乗せるという、とても不安定な姿勢でいる女将の声は、途切れがちになっていく。苦しいのだろう。

「ほんとうのことを言うと、もう少し乱れているというのか、使いこなしている形ではないかと、考えていたんですよ」

「裕さんのこと、嫌いです。使いこなしているなんて、ひどい言い方です。わたしはそんなに淫らな女に見えますか。はっきり申しあげておきます。全然、使っておりません。この二年半ほど」

「えっ、そうすると、二年半はヴァージンだった？」

「でもね、長い間、大事なお肉を放置しておくと、緩んでくるかもしれないでしょう。それで、ときどき、あの、そっと自分のお指でいじってあげました。括約筋が衰えては、もしものとき、わたしがかわいそうでしょう。全然感じなくなっていたりして。そう、今夜のようなすばらしいチャンスを逃がしたら、わた

し は女を卒業することになりますから」

とすると、二年以上もの長きにわたって、不幸にも女将の肉体を慰める男が不在だったのか。七十歳をすぎた自分が八年もの間、童貞でいたことより、もっと不運に思えてくる。なんたって、女の盛りじゃないか。

が、なんにしても、独り寝の閨で、こっそり指を使っていたらしい女将の姿を想像すると、傷ましいやら、妖しいやら。

もはや猶予なし。

小暮は背中を丸め、無理やり仰向けの体勢になって、開ききった女将の股間に潜りこんだ。

ペンシルライトの明かりを、真下から照射する。

薄毛だ。しかも細い。

ぬるっと濡れている二枚の肉の畝に、細毛のほとんどが薙ぎ倒され、そのちょうど真ん中を切り裂くように、乱れのない美しい肉筋が走っていたのだ。

しばしの時間、小暮は見とれた。なにしろ八年ぶりの快挙なのだから。

「ものすごく恥ずかしいの。でもね、とってもうれしい。わたしにも、こんなに力強い女の情熱が残っていたのかって。だって、そうでしょう。裕さんが真下から覗いてくれているんです。普通だったら、考えられないことよ。それに、ここは霊園なんですもの」

「間違いなく、神聖な場所です。お墓も、真知子さんの股の奥も」

「こんな苦しい恰好をしているのに、あなたに見られているお肉の奥のほうが、熱くたぎってくるの。あーっ、それに、滲んできます、女の涙が」

肉の裂け目に伝ってこぼれてしまったら、もったいない。

無理な姿勢に鞭を打って小暮は、顔を上げた。

仏の宿る墓地の、静寂なる空気を切り裂いて、もわっとした生温かい匂いが、肉の裂け目から吹きもれてきた。

逃がしてはならないと、吸いとった。

甘いのか、酸っぱいのか。

ペンシルライトを指に挟んで小暮は、開ききった女将の太腿を、下から支え上げた。

「そう、わたしのお臀が崩れ落ちないように、下から助けてください。今ね、わたし、気を失いそうなほど、昂奮しているんです。四十八年の人生で、こんなにエキサイトして、こんな愉しい時間を過ごしたこと、一度もなかったんですもの」

（えっ、四十八年……？）

女将の口からもれたひと言が、小暮に衝撃を与えた。四十八歳とは驚きだ。四捨五入したら五十路になる。

うそだろう。そんな歳には見えない。

なめらかな丸みを描く太腿の色艶や、股間の奥に埋まっていた女の肉弁の形状を見つめても。

が、小暮にとって女将の年齢など、どうでもよくなっていた。

二枚の粘膜の狭間から、今にも滲み出てきそうな女の涙を、根こそぎぬぐい取ってしまいたい。

小暮はさらに顔を上げた。

縦に切れた肉筋の下側に、尖らせた舌先を、そっとあてがった。

「あーっ、裕さん！」

女将の叫びが静まりかえる霊園に、反響した。

尖らせた舌先を、下から上に向かってすべらせる。

いや、すべるという表現は正しくない。濃密な女の涙が舌先に粘つく上に、とても柔らかい肉が、舌先にしがみついてくるのだった。

「ねっ、汚い味じゃないわね。ほんとうに心配しているの。まさか、こんな場所で、裕さんのお口に愛されるなんて、考えてもいなかったことですもの」

女将の口からもれてくる声に同じてか、舌先を埋めた肉筋が、ひくひくうごめくのだ。その感触がいじらしく、猥らしく、伝わってくる。

「もっと激しく！」

小暮の口はさらに荒っぽく、行動的になった。

唇をいっぱいに広げ、女の肉を頬張った。

生温かい女の汁が、じゅるっとこぼれてきた。吸いとって、喉の奥に流しこむ。喉を通過していくとき、甘酸っぱい女の味と匂いが、鼻腔に逆流する。

この味わい、香りは、薬局などで売っている、いんちきっぽい強壮剤よりよほど効果的に、男の肉体を活性化させていく。

「あっ、だめ、だめです。あーっ、あなたのお口に、ねっ、飲みこまれていくみたいです。わたしの軀、全部が」

かすれ声を発した女将の下腹部が、前後、左右に蠕動する。

小暮の口から逃げていきそうなほど揺れる女の肉を、懸命に追いかける。

額や腋の下からおびただしい汗を滲ませるほど奮闘しながらも、小暮の脳裏にふと光明が射した。

(まだまだ、やれる!)

むざむざ退化していく歳ではない。

女と男の情愛交換に、これほど夢中になって挑戦できるのだと。

「真知子さん、くたびれたでしょう。軀を起こしなさい」

彼女の股間から抜け出て、小暮は女将の脇腹を抱きしめ、立たせた。

またしても女将の上体が、ふらりと胸板に倒れてきた。両手を小暮の胸板にあてがい、荒れた呼吸を整えるように。

「わたしって、とってもふしだらな女だったんですね。ついさっきまで、お店のお客様だけだった男性の前で、恥ずかしいほど脚を広げて、キスを……、いいえ、はっきり申します。クンニリングスをしてもらうなんて。でも、ほんとうに気持ちがよかったの。わたしのそこが、熱く溶けていきそうなほど」

「わたしだって、同じさ。女将の股の下に潜りこんで、真知子さんの肉を丸ごと頬張ってしまったんだから。自分のやったことが、信じられない。わたしは七十二歳になる老人なのに」

「後悔なさっているんですか」

「とんでもない。感謝の気持ちでいっぱいなんだ。真知子さんは、自信をよみがえらせてくれたんだから」

「ねっ、これでおしまい？」

胸板に埋もれていた女将の顔が、おずおずしながら向きあがった。助けを求めるような様子で。

「まだまだやり残したことが、お互い、いっぱいあるみたいだ」

「そうよ。あのね、こんなことを言っても、あきれないでくださいね」

「ぜひ、聞きたいね」

「忘れられないんです」

「なにを？」

「さっき、あなたのパンツの中に手を入れたとき、びっくりするほど大きくなっていたあなたの、お肉のこと」

言われて小暮は、トランクスの内側に神経を集中した。

まだ全然へこたれていない。いろいろなことがあっても、縮こまっていないのだ。しかもトランクスの濡れようはおびただしくなって、とても気持ちが悪い。

「どうしようか。場所を変えてもいいんだよ」

「そんなの、ずるいです。わたしはパンティも脱いだんですから、裕さんも脱いでください」

「ええっ、ここで、か！」

「はい。わたしだって、お味見をさせていただく権利があるでしょう。あなたのお口は、わたしの……、ああん、内緒のお肉をぱっくりお食べになったんですから。さあ、早く。夜が明けないうちに」

「握るだけでは飽き足らないで、真知子さんも食べてみたくなったとか」

「そんなに詳しく聞かないでください。わたしだって、まだ、恥じらいの気持ちが残っているんです」

言葉より行動のほうが先だった。

女将の顔が、すっと視界から消えたと思ったとき、ズボンのベルトをほどく彼女の指が忙しくなった。

無抵抗というより、自分の気持ちも、その方向に大きく傾斜していたことを、小暮は知った。

トランクスもろともズボンが引き下げられるまで、わずか数秒。

蒸れるほど熱をこもらせていた股間が、霊園の冷たい空気にさらされた。自分でも驚くほどの重量感に満ちた男の肉が、ぶるんと揺らぎあがったのだ。

「すごい！」

懸命に低めたらしい女将の声が、そそり勃った男の肉の裏側を舐めていった。

はっとして小暮は、下半身を覗いた。女将の顔が男の肉の裏筋に、ひたりと張りついていたからだ。荒い呼吸を吹きかけながら。

そのあたりは、先漏れの粘液で濡れている。

が、女将の顔に逃げていく様子はない。その濡れ具合に、その匂いに、頬も唇もこすり付けているのだから。

ああっ！　次の瞬間、小暮は大声を発しかけた。

おそらくこうなるだろうなという期待はしていたが、男の肉の先端に生ぬるい粘膜がかぶさってきた。両膝をついて。

潤みきった粘膜がこすれ合う湿った摩擦音が、股間から吹き上がってくる。

この快感！　おおよそ八年ぶりの刺激に、小暮は思わず天を仰いだ。大木の枝葉の隙間に見える夜空に、無数の星が清々しく瞬いている。

「わたしはほんとうに、生き返ったよ、真知子！」

男の歓喜は、女を呼び捨てにした。

ううっ！　小暮はうめいた。女将の口の動きがなめらかになっていき、合わせて彼女の手が、男の袋を柔らかく揉みはじめたからだ。

その指捌き、力の入れようは絶妙。しなしなと、袋に巻きついてくる。

痺れるような脈動が、股間の奥底を突っ走っていく。

懐かしい、この刺激。まったく忘れていた噴射の予兆が、小暮の全身を駆けめぐった。

「わたしのお口の中で、あなたが暴れています。喉の奥を突き破るほどの勢いで」

男の肉から口を離した女将が、息を切らせて喘いだ。

「あのね、ひとつになろう。いいだろう。真知子の口の中に出すなんて、わたしはいやだよ」

小暮の訴えが、夜空で煌めく星まで届いたのか。

「ねっ、ここで？」

女将の短い声に、切実感がこもった。

天は配剤してくれた。

女将が左足を乗せた岩が、腰掛けの代用品になる。足首のまわりで皺になっていたズボンとトランクスを脱ぎ捨てるなり、小暮は岩に腰を下ろし、両手を掲げて、女将を招いた。

「わがままを言って申しわけないけれど、わたしの頼みを、ぜひ聞いてもらいたいんだ」

「ああん、どんなこと？」

岩に座った小暮に近寄ってきた女将の両手が、行き先を探して、ふらついた。

「全部、脱いでくれないか。全裸になった真知子を見たいし、抱きたい。わたしの両手で、ね」

「わたしがブラウスを脱いだら、あなたも、そのシャツを脱いでくださるわね」

「もちろん」

女将の視線が、暗闇に沈む墓地に向かって、彷徨（さまよ）った。ちょっと不安そうに。月明かりのみを頼りにする視界に入った女将の姿が、なおさらのこと、妖（あや）しく、淫らに映ってくる。

「八年ぶりに、わたしは生き返ったんだ。そのメモリーを頭の芯に強く残しておくためにも、真知子の裸を抱きたい」

「この場所でしたら、仏様のご加護もありますわね」

女将の声が言い訳がましく聞こえた。

善行は男が率先しなければならない。覚悟を決めたら、脱ぐのは早い。肌着もろとも小暮は、ワイシャツを頭から抜き取って、地面に投げた。

「あーっ、ちょ、ちょっと待ってください」

女将の行動も早かった。

腰のまわりで皺になっていたスカートを引きおろし、ブラウスを脱ぎ取った。たった一枚残ったブラジャーが、地面に剝がれおちる。

まさに、素っ裸！　純白に見える裸身が、月明かりに反射して、青白く浮きあがった。

小暮は両手を差し出し、迎えた。

無邪気な幼子が、父親の胸に飛びついてくるような景色に、小暮の感動は爆発した。

女将の全裸が、小暮の股間に跨ってくるまで、たった数秒。

目の前で、小ぶりの茶碗ほどの乳房が、わずかに揺れた。

「わかるね、ゆっくりお臀を沈めてくるんだよ」

「あーっ、わたしの膣に入ってきてくださるのね」

「ほんとうに八年ぶりなんだ。真知子の肉が上質にできていて、男の心地よさに負けたら、ごめん。真知子より先にいってしまうかもしれない」

「いいえ、膣に入ってきてくださったら、時間なんか関係ありません。だって、わたしはもう、あの、今も、半分いっているんです」

股間に跨った女将の全裸を抱きとめる。

「ねっ、きてください……」

女将の首筋が仰け反った。

徐々に臀を沈めてくる。

男の肉の先端に、ぬるっとした感覚が奔った。

切っ先は正確に目的をとらえたのだ。

「キスをしながら、ね」

言いながら小暮は女将の唇を求め、そして男の肉を突きあげた。

二人の唇が一ミリの隙間もなく重なって、舌が絡んだのと、驚くほど勢いよく迫りあがった男の肉が、女将の秘肉にずぶずぶと埋まっていったのが、ほぼ同時だった。

全裸になった女将の軀が、狂ったように上下する。

そして前後に揺らし、男の肉を心棒にして、円を描く。

「裕さん、あーっ、裕さん……」

唇を離した女将の喉から、苦しそうな喘ぎ声がもれた。

「ありがとう」

本心から小暮は、女将に感謝した。

八年ぶりに噴きあがった男のエキスは、女将の膣奥深くに、蛇口が壊れた水道の鋭さで、飛び散っていったのだった。


水道橋(すいどうばし)駅から歩いても、十五分ほど。

十数年ぶりに訪れた神田川(かんだがわ)の畔(ほとり)にある鰻屋の座敷に座って、小暮は今にも朽(く)ちてしまいそうな、古びた窓枠の外から聞こえる川面のせせらぎに、耳を傾けた。

懐かしさが匂ってくる。

サラリーマンの現役だったころ、たびたび暖簾をくぐった。

肉厚の蒲焼は小暮のエネルギー源だった。鰻が焼きあがるまでの時間、喉を潤してくれた極冷えの生ビールの味は、徹夜の編集作業ですっかりほころびた心身を、心地よく癒してくれたものだった。

(来てくれるかな?)

板場から漂ってくる蒲焼の、猛烈に食欲をそそる香りに鼻の頭をひくひくさせながらも、小暮は一抹の不安に、ちょっぴり胸を痛めた。

四日前の夜、書斎の書棚の隅っこで、偶然見つけた社員名簿を、懐かしくぺらぺらめくっているうち、一人の女性の名前を見つけた。

社員名簿は小暮が大学を卒業してからストレートで入社した出版社が三年に一度、製作したもので現役時代は興味の対象外だったが、定年退職して十年以上も経つと、妙に懐かしくなって、一人ひとりの容姿を思い出していた。

その一人が、吉永美抄(よしながみさ)。

小暮よりちょうどひと回り若かったから、今は六十歳になって、定年退職したかもしれない。

小暮が退職したとき、彼女は総務部長の要職にあった。

優秀な女性を随時抜擢していこうという社風は、彼女を部長職に任じた。

部長に就任しても彼女の仕事ぶりに、偉ぶった態度はいっさいなく、退職届に必要な書類をこまめに準備し、アシストしてくれた。

(美抄ちゃんも還暦になったのか)

名簿に目を通しながら、小暮は感慨に耽った。

東京の短大を卒業して入社した山科美抄は、二十八歳のとき民間テレビ局のディレクターをしていた吉永浩二郎と結婚した。社員一同は大いに落胆した。会社のマドンナ的存在だった山科美抄を、誰が射止めるのか、男社員の賭け事になったほどの眉目秀麗、才媛だったから。

彼女が結婚したあと、男社員は酒の肴にした。彼女との不倫に、どいつがありつけるか？　幸運はわが手にと、大いに盛りあがったものだったが、結果は誰も知らない。

結婚しても彼女の働きっぷりに、いささかの変化もなかったし、その人当たりのよさは、人妻になっても、変わりはなかった。

が、還暦を迎え、おそらく退職しているだろう彼女の姿を、小暮はなかなか頭の中に描くことができないでいた。

品の良いおばあちゃんになっているのかな……、などと思いつつ。

急に懐かしさが込み上げた。話をしてみたい。おおよそ十年ぶりに。

断られて、もともと。

社員名簿を閉じないうちに小暮は、スマホをつかんでいた。携帯番号が変わっていないことを祈りながら。

呼び出し音はウグイスのさえずりだった。

つながったのだから、彼女の連絡先は健在で、半分は目的を達したと、小暮は胸の動悸を抑えることができなくなった。彼女が出てきたら、なにを話そうか。だいいち自分のことなど、すっかり忘れているかもしれない。もしそんなことだったら、話をするきっかけさえつかめない。

呼び出し音が鳴ること六、七回。

「はい、吉永でございます。どちら様でしょうか」

スマホの向こうから届いてきた声に、一瞬、小暮は喉を詰まらせた。

昔と全然変わらない、涼やかな声だったから。

「ごめん。突然、電話をしてしまって。ぼくだ、小暮裕樹だ」

あわてて答えた声が、途切れ途切れになった。

「あらっ！　編集長さん、ですね」

会社を退職するまで小暮は、オピニオン雑誌の編集長を務めていた。

彼女ははっきり覚えていた。その当時から彼女は小暮のことを、敬意をこめて、編集長と呼んでいた。

「ぼくもかなり歳を食ったせいか、昔を懐かしむようになって、つい、連絡をしてしまったんだ」

「うれしい。わたしのこと、忘れないでいてくださったんですね」

「正直言うと、すっかり忘れていたんだが、ほら、会社の社員名簿を繰っているうち、美抄ちゃん……、いや、ごめん。よその奥さんのことをなれなれしく、ちゃん呼びしたりして。しかし美抄ちゃんの声は、昔と全然変わっていなくて、会社にいたころの髪形を、急に思い出したよ。長い髪に色とりどりのリボンを巻いていた」

彼女が出てきたら、なにを話せばいいのか、迷いに迷っていたはずなのに、小暮の口はにわかに雄弁になった。ちゃん呼びは失礼だろうと思いながらも、口ぐせは直らない。

スマホの向こうから、さもおかしそうな笑い声が届いた。

彼女の笑い声も素敵だった。お腹の底から、なんの屈託もなく出てくる朗らかな声だった。

「わたしはもう、還暦をすぎたおばあちゃんになりました。ピンクのリボンを巻いてお外に出る勇気はありません」

「しかし、懐かしいな。そうすると今は仕事を辞めて、のんびり、悠々自適の毎日なのか」

「それが、編集長、全然のんびりできないんです」

「なんで？」

「会社を辞めたあと、わたし、介護施設のお仕事をさせていただくようになって、毎日、力仕事をしているんですよ」

「ええっ、介護！」

「わたしの知り合いの病院が経営している施設で、たまに、徹夜のお仕事をすることもあります。お年寄りの身ですから、夜分でも急変することがあります。わたしって、偉いでしょう、還暦をすぎたおばあちゃんが、奮闘しているんですもの」

「全然、知らなかった。それじゃ、今は休憩中とか？」

「いいえ、今日はお休みをいただいています。たまにお休みをしないと、わたしのほうが介護される軀になりますでしょう」

小暮はしばらく考えた。

そんなに忙しい仕事をやっているのだったら、無理は言えない。

「美抄ちゃんの声を聞いていたら、急に思い出したんだ……。ほら、神田川の畔にある鰻屋に誘ってみようかなと考えたんだが、そんなに忙しい仕事をしていたら、無理だな」

「えっ、あの鰻屋さんに？　編集長に何度もご馳走になった、あのお店でしょう」

「そう。美抄ちゃんと一緒に食べた鰻は一段とうまかった。それに、冷たいビールが格別だったんだ。ジョッキ一杯で美抄ちゃんの頬っぺたが、ほんのり染まって、お色気たっぷりだったし」

それまでとても愉しそうに話していた彼女の声が、急に途切れた。

ほんのわずか咽ぶような声も聞こえてきて。

しまった！　余計なことをしゃべってしまったのかと、小暮はこっそり臍を噛んだ。

「ごめんなさい。わたし、急におセンチになってしまったみたいで。だって、編集長から連絡をいただけるなんて、考えてもいなかったことでしょう。それに、わたしみたいなおばあちゃんに、鰻をご馳走してあげるなんて、うれしくて、なんとお答えしていいのか、ものすごく、まごついているんです」

「そんなにまごつかないでくれよ。昔の同僚じゃないか。それじゃ、今度の休みの日が決まったら、連絡してくれるかな。十数年ぶりの再会を祝って、大ジョッキで乾杯して、特盛りの鰻重を腹いっぱい食べようじゃないか」

偶然の再会だったことは否めない。社員名簿が目に入らなかったら、連絡はしていない。

彼女は二人の会話が切れる間際、念押しした。必ず鰻をご馳走してくださいね、と。しかし小暮は一抹の不安をぬぐいきれなかった。彼女は忙しい仕事に追われているのだし、姓名は変わっていないのだから、人妻であることは間違いなさそうだ。

年齢は食っていても、こっそり鰻屋に行くのは、不倫の一種かもしれないし。

その逢瀬の日が、今日だった……。

「お連れ様がお見えになりました」

襖の向こうから仲居さんらしい女性の声が聞こえて、あわてて正座した。後輩じゃないか。そんなに畏まることはないだろうと、小暮は自分のあわてぶりを、自分で嗤った。

が、かすかな軋み音を鳴らして開いた襖の向こうに目をやって、小暮は驚いた。

水玉模様のワンピースに白っぽいカーディガンを、それは上品に着こなしている女性の姿を仰ぐように見あげた。

「遠慮なく伺いました。おいしい鰻をご馳走してくださるんですから、お仕事は無理やりキャンセルして」

足音を忍ばせるように入ってきた彼女は、小暮の前に正座し、

「お久しぶりです。でも、とってもお元気そうで、安心しました」

心のこもった挨拶をした彼女の顔に、それはうれしそうな笑みが浮いた。

小暮はまじまじと見つめ返した。

ほんとうに六十になったのか？

テレビのコマーシャルなどによく出てくる若返りサプリメントの愛飲者とか、スポーツジムに毎日通って鍛錬している、おばさんモデルの比ではない。だいいち薄化粧で、顔の艶は頬ずりしたくなるほどなめらかだった。

「ぼくが退職したころと、全然変わっていないね。驚いた」

正直な感想を伝えた。

それにワンピースの裾丈に、つい、目がいってしまう。長くもなく、短くもな

く。正座した膝小僧を、ちょっぴり覗かせる色香が、小暮の胸をときめかせた。

仲居さんがすぐさま運んできたビールのジョッキを前にして、二人は示し合わせたように目尻を和ませた。

「これは決してお世辞じゃないんだよ。まあ、ありきたりな表現を借りると、美抄ちゃんは上手に歳を取った……。こんなことを言ったら、ご亭主に怒られるかもしれないが、ぼくは惚れなおしたよ、美抄ちゃんに」

「こんなおばあさんにですか」

「美抄ちゃんがおばあさんだったら、ぼくは爺さんだ。そうだ、もうすぐぼくもよぼよぼ爺さんになるだろうから、美抄ちゃんが働いている介護施設に入所させてもらおうかな。そうすると毎日、美抄ちゃんに会えて、かいがいしく世話をしてもらえる」

美抄は本心からおかしそうに笑いを噛み殺した。

「編集長のおむつを、わたしが取り替えるのでしょうか」

はっきりと問いつめられて、いくらか曲がっていた背骨がしゃっきりした。現実的すぎるし、とても生々しい。

「美抄ちゃんは、そんなことまでしてるのか」

「そうですよ。お風呂のお世話をすることもあります」

うーん、それは悪くない。

ある意味では混浴じゃないか。この麗しい女性に軀を洗ってもらったら、十年は若返る。

「しかし慣れない仕事だろうから、疲れるだろう」

「はい。でも、ときどき、わたしのほうが赤面してしまうような場面に出合うこともあります」

「それは、なに？」

ジョッキに残ったビールを口に流して、小暮は問いなおした。

が、自分の目が耳より鋭くなっていることに、小暮は気づいた。

テーブルに乗せた彼女の指の長さや、しなやかさ、に。歳を取ってくると人間の指は、だんだん節くれだってくるものだが、この女性の指に老いの影はない。すっと、なめらかなのだ。マニキュアを塗っていない爪は、濁りのないピンクに艶めいているし。

小暮の目に遠慮がなくなってくる。

首筋だって美しい。たるみがない。現役だったころ、長く伸ばしていた髪は、首筋のまわりでカットされ、柔らかくカールしているけれど。

「わたしの顔、変ですか。編集長の目がさっきから怖くなっています」

急に話題を変え、美抄はカーディガンの裾をつまんだ。

「うん、昔を思い出していたんだよ。美抄ちゃんは髪を長く伸ばしていただろう。それが短くなっているから」

「似合いませんか」

「いいや、すばらしい。美人さんは得だ。どんな化粧をしても、どんなヘアスタイルになっても、美しい。ほんとうだよ。美抄ちゃんを相手にお世辞を言っても、笑い飛ばされるだけだろうし」

「髪を切ったのは、今のお仕事を始めたときからです。働きやすいんです。長い髪は手入れが大変ですし」

「あっ、そうだ。それで美抄ちゃんが赤面するほどの出来事って、なに?」

顔を伏せた彼女の目が、下から目線で小暮を追った。

「わたしがお仕事をしているホームで生活をしているご老人は、ほとんど後期高齢者の方々なんですよ」

「とすると、七十五歳以上だ」

「はい。手足が不自由になって、車椅子の方も多くいらっしゃいます」

「そうすると、ぼくが美抄ちゃんのお世話になるのは、あと三年後か。待ち遠しいな」

「編集長！　ご冗談をおっしゃってはいけません。どなたも好きこのんで施設にお入りになってはいません。お食事を摂るのも不自由になって、入所されているのです」

「それは、ごめん。そう考えると、ぼくはまだ神田まで出てきて、鰻を食べる元気がある」

「そうです。それに、還暦をすぎたおばあちゃんをデートに誘う勇気もあるのですから……。そう、そこなんです、問題は」

「これは、デートなんだろうか。うん、そうかもしれない。美抄ちゃんの麗しい姿を見ていると、ぼくの心臓は、急に熱く高鳴ってきたからな」

二人の会話は、前に進んでいるようだし、なかなか目的地に到着しないで渦を巻いているような。

ほんのわずかに彼女の上体が前のめりになって、襖を見た。誰かが来ないか、注意しているふうだ。

「わたし感激したんです。どんなに軀が弱ってきても、人間の心には、恋が芽生えてくるものということを、自分の目でしっかり確かめさせてもらって、です」

「恋心……？」

「はい。この前も、施設のお庭で車椅子に乗った男性と女性が並んでいらっしゃって、手を握っていたんです。お二人とも八十近いご高齢で、お食事はわたしたちがお世話をしているんですよ。お話もうまくできないほど、お二人は弱っておられましたのに」

「それなのに、手を握り合っていた？」

「それだけじゃないんです。あの……、お口を寄せて、キスをしようと努力なさっていました。わたしが赤面しても、しょうがないことでしょう。でも、やめなさいって、注意することもできませんし」

「恋愛は自由だしな」

「そのときわたし、教えられました。このお二人は、当分、お元気なのだろうなって。愛している方がいたら、お先に失礼って、あちらに向かって旅立つこともできないでしょう。だって、握り合っているお二人の手は、とっても力強かったんですよ」

ビールのせいではない赤みが、彼女の頬を、ぽっと染めた。

いいエピソードだ。ほほえましい。

「そうすると、わたしなどはまだひよっ子で、大いに恋心を抱いて、人生勉強をしなさい、ということかもしれない」

「編集長！」

美抄の目つきが急に厳しくなって、声高に変化した。

「なにか、悪いことを言ってしまったのか？」

小暮は首をすくめた。

「奥様を悲しませるようなことをなさっては、いけません」

「それがね、美抄ちゃん。悲しんでくれるような相手が、生憎(あいにく)といないんだ」

「えっ、では、お一人なの？」

「うん。生来の風来坊を、優しくかまってくれる女(ひと)がいないんだ。せっかくつかまえても、長つづきしないというのか。だからこの歳になっても、掃除、洗濯、料理はわたしの仕事になっている」

厳しくなっていた彼女の眼(まなこ)に、いたわりの色が浮かんだように、小暮は感じた。

「ご不自由でしょう」

「いいや、そうでもない。気楽なものさ。だから、足腰が立たなくなったら、ぜひ、美抄ちゃんの働いている施設でお世話になりたいと思っているんだ」

「いいえ、編集長はまだ二十年くらいお元気です。そのころは、わたしの足腰が立たなくなっていると思います」

運ばれていた鰻重の蓋は、まだ開いていない。

割り箸を手にしながら小暮は、一人勝手な思いに、しばし耽った。

適当な落としどころが見つからない。

「今日はありがとう。仕事をキャンセルしてまで来てくれて」

実に素っ気ない言葉が口から出て、情けない男だったと小暮は内心しょげた。

もう少し気の利いた言葉がなかったか、と。

「鰻、いただきます」

急に声を大にして、彼女はわざとらしく鰻重の蓋を開けた。

つられて小暮も蓋を開けた。ちょっと冷めてしまったかな。

「こんなことを言ったら、怒るかもしれないが、今度休みが取れたら。連絡をくれないか。もうちょっと気の利いたデートに誘うから」

じっと見つめてきた彼女の瞳が、きらりと輝いたように映った。

「ありがとうございます。編集長とお会いできて、わたし、少し元気になりました。施設のお庭で手を取り合っていたお二人のように、わたしにも恋の気持ちがよみがえってこないかな、なんて欲深いことを考えたりして」

「それは素敵なことだ。ぼくも祈っているよ」

「必ずご連絡をしますから、わたしのこと、忘れないでください」

手を伸ばし、彼女の手をしっかり握ってしまいたい衝動にかられたが、小暮は必死に己の欲望を抑えつけていた。

第三章　二十八歳の花嫁修業

週刊誌からの依頼で、石川県の金沢地方をまわった取材旅行は、四泊五日の予定だった。言うところの食レポ。事のついでに、能登半島の和倉温泉まで足を延ばした。が、能登半島の先端を震源地とする頻発地震のせいか、温泉街はひっそりと人影は少なかった。

和倉温泉で長年、温泉宿を営んでいる亭主は嘆いた。

今度、大地震がきたら、三代つづいた暖簾を下ろすしかありませんな、と。

相次ぐ天災、人災に、地方経済は悲喜こもごも。

五日ぶりに小暮裕樹は板橋にある自宅マンションに戻った。腹を切ってから初めての遠出だったが、疲れはさほど残っていない。

金沢の城下町で、新鮮な魚介料理をたらふく味わったせいか。

七十二歳の老体も、補給すべきエネルギーをしっかり蓄えると、長旅もそれほど苦にならない。それもこれも親友であるヤブ医者殿が、わりと手際よくガンを摘出してくれたお陰と、小暮にしては珍しく、日々、感謝の念を腹の中でつぶやいている。

が、この取材旅行中、小暮の頭のどこかで、浮かんでは消え、消えては浮かんでくる吉永美抄の影が、小暮の行動を鈍くしたのは事実だった。

もう一度、ぜひ会いたいような。いや、もう二度と会わないほうが、これから老後に向かう彼女の生活の幸せにつながると、自分の想いを抑えつけていた。

だいいち、十年ぶりの再会は、極冷えの生ビールと鰻重をたらふくいただいただけで、指一本ふれていなかった。清々しい思い出は、時間の経過が忘れさせてくれる。

その時点で小暮は己に強く言いきかせた。こちらからは、絶対連絡をするな。万が一にも彼女から連絡がきたら、そのとき考えればいい。そう決めたときから、彼女の面影が、それはあっさりと消えていった。

目をつけたときからの行動の素早さに反比例して、あきらめも早い。

若い時代とあまり変わらないな。和倉温泉にどっぷり浸かりながら小暮は、一人笑いをもらしたこともあった……。

板橋に借りた2DKのマンションの自室は五階で、夏の真っ盛りでも、ベランダからは涼しい風が吹きこんできて、エアコンを必要としない夜もある。三番目の奥さんと離婚してから入居したこの部屋を、小暮はわりと気にいっていた。一人住まいのスペースとしては、広くもなく、狭くもなく。

カメラ、ノートパソコンなどの必要機材を入れた大型の旅行バッグを廊下に置いて、部屋の鍵を開けようとしたとき、小暮の目に、廊下を歩いてくる一人の女性が入った。

見慣れない女だった。

このマンションの部屋数は合計二十室で、ほとんどの住人とは顔なじみになっていた。男寡（おとこやもめ）であるから、早朝のゴミ捨ては住人の責任で、そのたび、隣近所の奥さん方とも挨拶をする良好な関係にあった。

が、ふいと目に入った女性に見覚えはない。

それでも小暮は、こんにちは、と気軽に声をかけ、小さく頭を下げた。

サンダルを履いていた女性が、小走りに近寄ってきた。

ジーパンにTシャツ姿は普段着である。

「初めまして。わたし、三日前に引っ越ししてきた三芳（みよし）と申します。何度かご挨拶に伺ったのですが、お留守でしたので、失礼しました」

「いや、それはご丁寧に。わたしは小暮と言います、そうすると三芳さんは二軒お隣の部屋に引っ越されたんですね」

「はい。駅前の不動産屋さんに素敵なマンションを紹介されて、すっかり気に入りました」

二軒隣りが空き部屋になっていたことは知っていた。とすると、この女性は金沢に出かけている留守中に引っ越してきたらしい。

見たところ、まだ若く、初々しい。

「そうでしょう。都内のマンションにしては眺めもいいし、静かなんですよ。そうだ、わたしはたった今、石川県から帰ってきたばかりですが、金沢名物の百万石あんころとかいう菓子を買ってきたんですよ。よろしかったら、一緒に食べてみませんか。名物にうまいものなしという諺がありますから、わたし一人で食べるより、三芳さんと一緒のほうが、まずさが軽減されるかもしれない」

「小暮さんて、おもしろいおじ様ですね。まずいから一緒に食べようなんて。金沢のお菓子屋さんが聞いたら、頭から角を出して怒りますよ。でも、奥様がお待ちになっているんでしょう。また、改めて伺います」

三芳と名乗った女性のサンダルが、半歩、一歩と後ずさった。

が、小暮はなんとなくくすぐったくなった。おじ様と呼ばれたことに。親しみがこめられている。自分の記憶の中に、おじ様と呼ばれたことは一度もなかったはずだった、と。

「いや、その心づかいは無用です。生憎というか、幸いというのか、わたしは独り身で、留守を預かってくれる人は、誰もいないんですよ。だから、さ、どうぞ。わたしもお茶を飲みたいなと思っていたところなので」

小暮にして珍しく、かなり強引に誘って、ドアの鍵を開けた。

「ほんとうによろしいんですか、伺って。たった今、お会いしたばかりなのに」

「これからは向こう三軒両隣のお付き合いになるのですから、遠慮は無用です。さ、どうぞ」

大型の旅行バッグを引きずって、小暮はさっさと部屋に入った。

おずおずとした恰好で、彼女はあとにつづいた。

どうせ間取りは同じだろう。そんなに珍しがることはない。

「おじ様はほんとうに、お一人で住んでいらっしゃるんですか」

十畳ほどあるダイニング・ルームに入った彼女の目は、物珍しそうに一周した。

その上、語り口調が砕けてきた。

「どこか、不審な点がありますか」

横に並んで小暮は問いかえした。

今まで気づかなかった。彼女がかなりの長身だったことを。小暮の身長は百六十センチの半ばだった。並んでみるとその差はほとんどない。

「いえ、キッチンもきれいに片づけられていて、流し台はぴかぴかです。おじ様お一人で、お掃除をなさっているんでしょうか」

「お手伝いさんを雇うこともありませんからね。それにね、わたしは自炊だから、鍋釜の在り処、茶碗、皿、箸などの仕舞いどころを、他人の手に委ねたくないんですよ」

「テーブルの上もきれいにお掃除されています。わたしのお部屋より、ずっと整頓されていて」

「ありがとう。若い娘さんに誉められると、腋の下がくすぐったくなってくるから、誉めっこは、このへんでおしまいにして、テーブルに座ってください。お茶を淹れますからね」

まだ二十代かもしれない若い女性が、この部屋に入ってきたのは初めてのことで、自分の気持ちがかなり浮ついていることに、小暮は気づいた。

やかんにミネラルウォーターを入れ、ガスを点ける。

そのときになって小暮は、ふと迷った。相手は若い女性だった。日本茶よりコーヒーか紅茶を好むのかもしれない。が、小暮の趣向は緑茶か番茶だった。外国製の飲み物を謹んでいただくのは、アルコールのみ。

「この家にはコーヒーがないので、日本茶で我慢してください」

小暮の聞き方がどことなく、年寄りっぽく、卑屈になっていた。

年齢の差を感じたのだ。

「はい。わたしも日本茶が大好きです。コーヒーを飲むと、お腹が暴れだして、あの、初めてお会いしたおじ様に笑われるかもしれませんが、すぐトイレに行きたくなるんですよ」

この子は飾りっけのない女性だ。本心をそのまま素直に表現する。それとも、たった今会ったばかりのおじ様に、心を許しているのか。そのせいか、すでに何年も前からの、顔なじみのような親しみを覚えたのだった。

ますます、脇腹がくすぐったい。

「よかった。わたしはね、五年前にガンの手術をしてから、できるだけ刺激物を摂らないよう努力しているせいか、コーヒーはほとんど飲まないようになってしまってね」

「えっ、ガンを！」

「わたしの親友のヘボ医者に、切ってもらったんですよ。彼は忠告してくれた。お前さんは古希をすぎた老人なんだが、もう少し長生きしたかったら、養生しろと。ヘボでも医者の言うことに、あまり逆らってはいけないと、自分に言いきかせている、ということ」

「おじ様！」

椅子に座っていた彼女が、突然、素っ頓狂（すっとんきょう）な声を張りあげた。まん丸な目を、さらに見開いて。

煮えたったお湯を急須に注いでいた手が、びくっと反応して、危うく急須がひっくり返りそうになった。

「どうしたの、急に大きな声を出して」

「あの、古希って、七十歳のことでしょう」

「そう。八十歳は傘寿（さんじゅ）といって、だんだん呼び方が厳（いかめ）しくなっていく。本人にしてみると、墓場が近くなってきたと実感するそうですよ」

「傘寿はどうでもいいんですが、おじ様が七十代だなんて、ウソでしょう。わたしのパパは四年前に定年退職したんですけれど、おじ様よりずっと老けています。水槽で飼っている金魚やメダカに餌をやることと、盆栽の手入れをするのが趣味で、歩き方もよぼよぼしています」

「父上のことを、そんなふうに言ったら罰が当たりますね。あなたは幾つになったのか、わたしは知らないけれど、これほど魅力的な女性に育ててくれた父上に対し、尊崇の念を忘れてはいけない」

「ごめんなさい、わたし、今、二十八歳なんです。生まれてから今まで、なんの不自由もなく生活してこれたのだから、パパの悪口を言ってはいけませんね。これからは注意します」

二十八歳か……。

ちょっとした感慨をこめて小暮は、気まずそうに顔を伏せた彼女の姿を追った。自分は二十八歳のとき、一人目の女と結婚した。一目惚れだった。が、夫婦円満の生活をつづいたのはたった二年半ほどで、あっさり別れた。惚れた理由も、別れた原因も、今になってみると、ほとんど忘れている。

それほど二十代後半の男は、わがまま、奔放な生き方がまかり通ってしまうのかもしれない。

「ところで三芳さんは、このマンションで一人住まい？　それとも結婚しているとか？」

彼女の目元が無邪気にほころんだ。

「花嫁修業をしてきなさいって、ママに送り出されました」

「ええっ、花嫁修業？」

「うちの親って、放任主義なんです。わたし、十カ月後に結婚するんですが、家事全般をこなすには、一人の生活を経験してこそ、覚えていくものだと、両親にお説教されて、実家を追い出されました」

「ご実家は遠いの？」

「いえ、電車に乗って三十分ほどですから、独身生活が辛くなってきたら、すぐ帰ります」

「しかし十カ月後に、結婚するんでしょう。お相手の男性は、今、どこに？」

九谷焼（くたにやき）の名品湯のみを取り出して小暮は、急須のお茶を注いだ。

飛んで火に入る夏の虫みたいに、いきなり現れたかわいい女の子に大サービスだ。

いい香りが漂った。

が、ゆっくり茶をたしなみながら小暮は、愉快な女の子と巡りあったものだと改めて、目の前に座る彼女の様子をうかがった。首筋のまわりで、無造作にカットされた髪は漆黒で、細い眉を隠してしまうほど伸ばした前髪が、よく似合っている。

目に入ったら痛いだろうな、などと余計な心配をしながら。

「未来の旦那様は、今、どこに？　このマンションにときどき訪ねてくるようになっているとか？」

「いいえ、今、あの人はフィンランドにいます。商社でお仕事をしているせいで、海外出張が多いんですよ。毎日、スマホで近況報告をしてきます。とっても寒いお国で震えていました。でも、それってわざとだと思います。きっと、わたしに甘えているんです」

一人前の惚気話を聞きながら小暮は同情した。

「そうすると、十カ月後に彼は帰国して、華燭の典を挙げる、ということ？」

「でも、おじ様。あの、結婚生活って、愉しいのでしょうか。結婚の日が迫ってくると、わたし、だんだん心配になってくるんです」

九谷焼の湯のみを両手にして、彼女はほんのわずか不安そうな視線を投げた。

小暮は過去、三度結婚して、ものの見事に三度とも失敗した。

今度こそ円満な家庭を作りあげてやると気張ったものの、長く持って五年の短命夫婦生活だった。自分がそうだったからといって、十カ月後に結婚する若い女性に、冷や水をぶっかけるようなアドバイスはできない。

「相手の男性とは、恋愛なの？」

あまり詳しい話は聞きたくないと考えながらも、小暮は差し障りのないところから、探りを入れた。

「半分恋愛で、半分見合い……、ううん、違います、強制結婚かもしれません」

「なに、それ？　ずいぶん複雑な結婚みたいだね」

「あの、わたし、つい最近まで、彼と同じ会社に勤めていました。ずいぶん歳上なんですが、すごく優しくて、実のお兄さんのように慕っていました。ほんのちょっと、愛情もありましたけれど」

「そうすると、兄さん的な男性と、結婚することになった」

「いえ、わたし、結婚するつもりはなかったんです。ときどき、おいしいご飯をご馳走してもらえば、それで満足していました。わたし、ピザが大好きなんですが、彼もピザ党でビールを呑みながらいただくピザは最高です。それが、彼のお父様が会社の専務で、お父様から、ぜひ嫁にきてくれと頼まれたのです」

ふーん、ピザが二人の接着剤になっていたのか。

わたしは好かんな、あんなチーズ臭い洋食は。純正肉ジャガのほうがよほど口に合う。

「なるほどね。強制結婚の理由は、専務の親父様が中に入ってきたからなんだ」

「断れないでしょう。それに、茂雄さんのこと、嫌いじゃなかったし、わたしももう二十八歳になって、最後のチャンスかもしれないと思ってオーケーしちゃいました」

「茂雄さんて、未来の旦那様の名前？」

「はい。廣田、茂雄です。おもしろいんですよ。専務は大の巨人ファンで、昔、有名だった長嶋茂雄さんとかいう選手の名前をそっくりいただいて、息子さんの名前にしたんですって。長嶋さんって、そんな大選手だったんですか。わたし、松井秀喜さんのことだったら、少し知っていますけれど」

彼女の質問には、なんの屈託もない。

時代の差を感じるだけ。

二十八歳の女性に、栄光の背番号3と言っても、通用しないのだろう。

長嶋選手の歴史を語り始めたら、一昼夜かかる。小暮自身も大の長嶋ファンだったのだから。

「ところで、三芳さんのフルネームを教えてくれないかな。わたしの名は、小暮裕樹。古臭いだろう」

「おじ様って、やっぱりおもしろい。七十歳を超えていらっしゃるのに、ご自分の名前をおっしゃって、照れているみたい」

半分口に入れていた百万石あんころなる金沢銘菓が、危うく口からこぼれそうになった。

図星を指されたからだ。

彼女の指摘どおり、ちょっぴり照れていたのかもしれない。

「わたしの名前など、どうでもいいんだ。それよりあなたの名前を聞かせてほしいな」

「麻帆(まほ)です。麻(あさ)という字と、帆掛け舟の帆(ほ)です。わたしって、美人さんですか。おじ様の正直な感想を聞かせてください」

急にマジ顔になって、自分の名を麻帆と教えてくれた彼女は問いただしてきた。

「うーん……」

　返答に困った。

　美人顔というより、愛くるしい面立ちだ。とくに、いくらか丸っこく見える鼻の形が、幼っぽくて、かわいらしい。

「ほら、おじ様はわたしのことを、けなしたいんでしょう。笑ってごまかしています。目が大きすぎるとか、団子っ鼻とか。いいんです。おじ様はお隣に住んでいる古希をすぎたおじ様で、わたしのことを、かわいいとか、美人さんだって、口先だけのお世辞を言ってもらわなくて、結構です」

　言って麻帆は、わざとらしく唇を尖がらせたが、すぐ、目尻に笑いがこぼれた。笑顔が涼しい。

「超美人さんの顔は、飽きてしまうと思うんだ。ほら、芸能界の美男、美女たちが、のぼせあがって結婚するだろう。ところが、ほとんどのカップルは別れてしまう。数年と持たず。あれはね、飽きてしまうからさ。わたしはそう思っている。しかし、麻帆さんの顔はなかなか飽きない」

「まあっ！」

　ひと言発して彼女は、頰っぺたをぷっと膨らませた。

「そう、そんな怒った表情が、たまらなくかわいい。怒ったり、笑ったり、悲しんだり。麻帆さんの顔は百面相で飽きがこない」

「それって、わたしのことを誉めてくださっているんですか、それとも貶しているんですか」

残っていたお茶をがぶっと飲んで、彼女はまた怖い表情になった。

この子とは、馬が合いそうだ。冗談が通じる。小暮は一人で満足した。懐いてくる。とても自然に。

「両方かな。十カ月後には花嫁さんになる女性だけれど、とても新鮮だし、愛くるしい。邪魔者がいなかったら、力いっぱい抱きしめて、頬ずりしたくなるような魅力もあるし、怒った顔は近寄りがたい」

吊りあがっていた彼女の眉が、だらんと垂れた。

そして舌なめずりをした。

「おじ様、わたしの過去を聞いてくださいますか」

言葉づかいが超真面目になった。

喜んで！　短く答えて小暮は腕を組んだ。

部屋に入ってからすでに一時間以上経っているのに、そろそろ帰りなさい、とは言いたくない。できることなら、夕飯も一緒にしますかと誘いたくなるほど、呼吸が合ってくるのだ。

「両親にも教えなかったんですけれど、わたし、大学に在学していたとき、恋人がいました。同級生の」

「それは、おめでとう。そうすると、ヤンチャ娘も恋の味は経験したんだ」

「ヤンチャ娘で悪かったですね。でも彼とは、熱烈だったんですよ。毎日会わないと、夜も眠れないほど夢中になって」

「結婚したいとは、思わなかったの？」

「一日のうち、何時間か一緒にいたら、それで満足していました。夜、寝るときは一人のほうが気楽でしょう。わたしって寝相が悪いそうです。ママに叱られました。お臀を丸出しにして寝ていましたよ。お嫁に行って、そんな恥ずかしい恰好を旦那様に見られたら、すぐ三行半ですよ、って」

「そんなことはないさ。もしもわたしが麻帆さんの丸出しお臀を見たら、風邪を引いたらいけないよって、抱きしめて、温めてあげる」

「ほんとうに？」

「わたしはね、ウソやおべんちゃらは嫌いなんだ。こう見えても、わりと正直者で通している」

「それじゃ、一度試してみましょうか。わたし、ほんとうに寝相が悪くて、お爨だけじゃなくて、おっぱいも出ているときがあるって、ママにこっぴどく注意されたこともありました。でも、寝相まで責任なんか持てませんよね。わたしって、爆睡型なんですから」

二人の話が急旋回して、ひどく色っぽくなってきた。

小暮はつい、こくんと生唾を飲んで、あわてて意識を正常に戻そうとしたが、花模様を染めた彼女のTシャツの胸に自然と目が向いて、またしても小暮は生唾を飲んだ。

それほど大きい乳房とは見えないが、Tシャツのフロントを膨らませるボリューム感は、わりと実り多く、妖しげに映ってきたりして。あと十カ月で人妻になるという女体に、小暮の興味が注がれていく。

「それで、大学時代の大恋愛は、どうなったのかな」

話を戻そうと小暮は、舵を切った。

「そんな過去のことは、どうでもよくなってきました。おじ様は、ほんとうに裸になったわたしのお爨を抱きしめて、温めてくださるんですか」

とんでもない方向に話は展開していく。小暮は我が身を自制させようとするが、ジーパンを穿いた臀の膨らみもなかなか魅力的だったなと、思い出す。

「婚約者殿の許可があったら、喜んで」

「ほら、おじ様は逃げています。青くさい女のヒップなんか見たくも、さわりたくもないって、おじ様の目が正直に言っています」

「あのね、麻帆さんの目は近眼か？　目は正直にものを言う……、って言うけれど、ぼくの目は麻帆さんの軀を真っ正面から見すえて、今、すぐにでも実験してみたいと、真面目に訴えているはずなんだがね」

「実験って、わたしのお臀を抱くということですか」

「そうだよ。ただし、何度も念を押すけれど、極寒のフィンランドで働いている茂雄さんの許可があったらのことだけど」

「フィンランドなんて、日本から遠いんです。わたしがなにをしたって、あの人にはわかりません。それにね、おじ様……」

「なんだね」

「茂雄さんとはまだ、なんにもしていないんですよ。挨拶のキスくらいで。それも、ちゅっと唇を合わせるだけの。それに結納（ゆいのう）も交わしていません。わたしはまだ、誰にも束縛されたくないんです。おじ様にお臀を抱かれるくらい、わたしの自由だと思いませんか」

えらいことになってきた。

急な展開に小暮はいささか尻込みした。

が、悪い実験ではない。

「麻帆さんは真面目に、そんなことを考えているのか」

「おじ様とわたしは、ついさっき会ったばかりでしょう。でもね、もしかしたら、わたし、おじ様のこと、大好きになったのかもしれません。わたしのインスピレーションなんです。これって、一目惚れでしょう、おじ様に」

本格的に小暮は逃げ出したくなった。

女性の話は、あっちこっちに飛び火して、追いつけない。

おまけにこの女性は、二軒隣りの部屋に住む花嫁修業中の身だった。許嫁（いいなずけ）殿が、ひょいとフィンランドから帰国して、この修羅場を見つけたら、どうなることやら。

腕っ節にはまるで自信がなかったのだ。

「麻帆さんほど魅力的な女性に一目惚れされて、わたしは非常に光栄なんだが、あなたの言葉を、わたしが素直に信じてしまうと、怖いことになるかもしれないよ」

　大きな目がきょとんとした。

「怖いことって、どんなことでしょうか」

「それはさ、わたしは古希を過ぎたおじいさんだけれど、これでも一応、男なんだから、なにをしでかすかわからない」

　彼女の上半身が、テーブルに乗り出した。

　目つきは興味津々。

「もしかしたら、わたしをレイプするとか？」

「そうだね、腕力には全然自信がないんだけれど、麻帆さんが相手だったら、五分で闘えそうだ。わたしだって、一旦行動を起こしたら、目的達成のため、必死になるだろうし、火事場のバカ力が燃えさかる可能性もある」

「おもしろそう」

　おいっ！　わたしは冗談を言っているのだ。本気にしないでくれ。小暮は心から願った。

「そのTシャツを引きちぎって、ジーパンを剝ぎ下ろす。怖そうだろう」

「それから、なにをするんですか。わたしを裸にしたあと」

この子は完全にわたしを侮（あなど）っている。本気になったときの男の恐ろしさを知らないのだ。

若い女性の性教育上、もう少し、脅しておいたほうが、今後の彼女の身の保全につながる。

「そんなことも、わからないのかな。Tシャツやジーパンだけじゃ、済まなくなる。きみの下着もすべて剝ぎ取って、わたしは真上から圧し掛かる。怖いだろう」

「セックスをするんですね」

「まあ、そういうことになるだろうな。いわゆる、強姦だ」

「わたし、今、想像しました。おじ様にされたら、気持ちよくなるかしらって」

「えっ、気持ちよくなる？」

「あのね、おじ様、聞いてください。学生時代、恋人がいたって言ったでしょう。セックスもしましたわ。彼はセックスが大好きで、ひと晩に二回も三回も求めてきました。わたし、疲れました。だって、あんまり気持ちよくならないんですもの、わたしが。気持ちが乗ってきたら、二回でも三回でもできるかもしれませんけれど、疲れが溜まっただけで、へとへとになってしまうんです。それにセックスって、後始末が面倒くさいでしょう。変な臭いが残ったりして」

彼女の言い分は、どうやらほんとうらしい。

へとへとになってしまったんです、と愚痴をこぼしながら肩を落とし、大きな溜め息を、ふーっと吐いたりする。

「それはお疲れさまでした」

はるか歳上のおじさんの慰めにしては、気持ちがこもっていなかった。

しかし、その桃色事件は六年も七年も以前のことだから、今さら、取り返しはつかない。ひとつの貴重な体験として、これからの長い人生に役立たせていくしかないだろう。

「おじ様、もっと真剣に考えてください。おじ様の言葉には、いたわりがないんです。おれの知ったことか……、みたいに。かわいそうなわたしを、放り出しています」

が、成す術なしが現状だった。

あと十カ月もしたら婚約者殿が帰国して、心から新妻を愛してくれるだろう。これほど魅力的な女性なのだから。

そのときを、待つしかない。

「あのね、わたしはついさっき、金沢から帰ってきたばかりで、ちょっと疲れている。麻帆さんの問題をすぐ解決してあげるには、風呂にでも入って、休憩時間を与えて、頭の回転を正常に戻してやらないと、正しい答えが出てこない。だから少々、時間をくれないかな」

「わかりました。それじゃ、わたし、お買い物をしてきます。おじ様は疲れているんでしょう。今夜のお食事はわたしが作って差しあげますから、ゆっくりお風呂に入ってください」

「ええっ、そうすると買い物をしたあと、また戻ってくるのか」

「はい。まだいろいろお話ししたいこともありますし、それから、おじ様にいろいろ教えていただきたいこともあるんです。だって、おじ様は経験豊富な人格者でいらっしゃるんですもの」

言いたいことを言った麻帆は、あと二時間ほどしたら必ず戻ってきますから、鍵を開けておいてくださいねと言い残し、あっという間に、玄関から出ていったのだった。

ダイニング・ルームの片隅にある小さなキッチンから、香ばしい匂いが流れてくる。二時間かっきり、麻帆はショッピング・バッグをかかえて戻ってきた。そして白いエプロンを巻くなり、料理を始めた。

衣類が様変わりしていた。

Tシャツは淡いオレンジ色の半袖で、ジーパンからスカートに。スカートの裾から伸びる下肢に、つい目がいってしまう。小気味よいほど引き締まっているのだ。アキレス腱がくっきり浮きあがるほど、しなやかに。

少なくとも、この部屋に越してきて以来、若い女性が料理をする姿は、初めて目にする。なかなか清々しい。

「のんびり風呂に入ったから、腹が減って、冷たいビールが腸に沁みていくんだ」

ブルーのジャージに着替えた小暮は、食卓に座り、手酌でビールを呑む。その味はまた格別。

昔付き合っていた若い愛人が、久しぶりに訪ねてきてくれたような錯覚にも陥って。

「下手なんです、ものすごく。お料理をしたことなんか、ほとんどないんですよ。

ママが全部作ってくれましたから」

「料理の練習も、花嫁修業の大事な一面だろうしな」

後ろから励ました。

菜箸をつかんだまま、彼女は振り返った。

またしても頬を膨らませて。

「今日のお料理は茂雄さんのためにこしらえているのではありません。おじ様のために、心をこめています」

「それはありがとう。うれしいな。一夜の恋女房をもらった気分にもなってきて」

「たった一夜ですか。わたしはまだ十カ月も猶予があるんです。わたしのお料理を気にいってくださったら、これから十カ月、毎日、押しかけて、おじ様のお夕食を作らせていただきます」

エプロンを巻いただけで、彼女の物言いが若奥さんふうに変化して、上品に聞こえてくる。しかし……、

(この子はなにを考えているのだろうか)

グラスに残ったビールを呷って、小暮は立ちあがった。忍び足で彼女の真後ろ

に近づいた。うんっ、いい匂いだ。清潔そうな。

「ずいぶんたくさん、食材を買ってきたんだな」

声をかけた。

びくっとして、麻帆は振り返った。

「びっくりさせないでください」

「料理のいい匂いと、麻帆さんの後ろ姿に誘われてしまったんだ。ふらふらっとね」

「ほら、おじ様はお口がお上手なんです。後ろ姿に誘われたなんて聞いたら、わたし、本気にしてしまいますからね。ほんとうは腹が減ったから、ぐずぐずしないで、料理を早く作れって、せっつきにいらっしゃったんでしょう」

「わたしもね、ずいぶん長い時間、人間をやらせてもらっているけれど、麻帆さんほど、その……、呼吸の合う女性に出会ったのは、初めてなんだ。一人でビールを呑んでいるのが寂しくなってきた」

彼女が手にしていた菜箸が、かたんと音を立てて、ステンレス製の流しに落ちた。そして、レンジのガスを消す。

「わたしもさっきから、ものすごく寂しかったんです」

長い睫毛を震わせる。

「どうして？」

「おじ様は一人でビールを呑んで、全然、わたしのそばに、いらっしゃらないんですもの。わたしより、ビールのほうがお好きなのかな、って。わたしみたいな小娘には、興味がなさそうで、一人で恨んでいました」

たとえ本心は半分でも、泣きたくなるほどうれしい名台詞だった。

「ほんとうはね、一緒に風呂に入ってくれないかと、声をかけたくなっていたんだ。でもね、ついさっき会ったばかりの女性に、それは厚かましすぎる。だいいち、あの子は十カ月後に結婚する清い娘さんなんだから、バカなことを考えるなと、自分を叱って、歯を食いしばって、耐えていた」

「ほんとうですか」

「ウソはつかない男だと、はっきり伝えたばかりじゃないか」

さほどのためらいはなかった。

ごく自然に、小暮の両手は伸びた。

流し台に腰を預けていた麻帆の脇腹に手をまわし、引きよせる。麻帆の顔がほんのわずか向きあがった。

が、彼女の上体が胸板に重なったとき、小暮の心中に古希をすぎた老人の常識がよぎった。

お前さんは二重も三重もの罪を犯しているぞ。相手は半世紀近くも歳の離れた女性だ。十カ月後には結婚する女だ。それに住まいは二軒隣りの住人で、こんなことが世間様にばれたら、近所の人の嗤い者になる。あのひひ爺は、引っ越してきたばかりの女性を無理やり連れこんで、乱暴をしているらしい、などと。

反省はしたものの、小暮の手は彼女の脇腹から離れない。強力な接着剤を塗りこんだように。

しばらくの時をおいて、彼女は小声をもらした。

「それじゃ、お風呂に入りましょうか。お料理は後まわしにして」

ええっ！　小暮は危うく叫びそうになった。

ますますこの子の胸のうちが、わかりにくくなってくる。

「あのね、風呂に入るということは、お互い、裸になるんだよ。水着を着用して入ることは、わが家の風呂では許されない」

「そんなこと、わかっています。それとも、小娘の裸なんか見たくないと、そう思っていらっしゃるんですか」

「いや、麻帆さんの勇気ある提案に、喜んだり、驚いたりしているということ」

「だって、あと十カ月もしたら、わたしは廣田茂雄さんの奥さんになるんです。そうしたら、正式な夫婦になりますから、一緒にお風呂に入るのも、嫁の仕事のうちだと思います。だから、男性と一緒にお風呂に入る練習をするのも、花嫁修業の一環じゃないですか」

理屈は合っている。

が、婚約者殿と自分は、立場が違う。年齢差もある。その上、交際期間があまりにも短かった。たった数時間。

あっ、そうだ。小暮は急に思い出した。自分の腹には醜い手術痕が残っていた。あんな傷痕を見たら、この女性はきっと、目をそむけるだろう。せっかく盛りあがってきた雰囲気をぶち壊す。

「食事を先にしようか」

インターバルがほしくなった。

「お料理は、今、金目鯛の煮付けをしているところです。もう少し、火を通しておいたほうが、おいしくなります。ねっ、その時間、お風呂に入りましょう。わたし、おじ様の軀を洗ってあげますから」

どうやらこの子は本気らしい。

胸に巻いていた白いエプロンの紐をほどく指先が、急に忙しくなった。

ほっておくと、Tシャツも脱いで、スカートを引きおろすだろう。そうなってから、混浴はやめようとは言いにくい。おじ様って、臆病者だったのねと、蔑まされたりして。

「わたしが裸になったとき、おじいさんの体型だったのね、と、嗤わないでくれよね」

事の進行が速すぎて、小暮はまごつくばかり。

だからと言って、適当な回避策も見つからないのだ。

それにこのマンションは、できるだけ床面積を倹約した設計になっているせいか、脱衣場なる便利なスペースはない。いつもはダイニング・ルームで脱いだり、着たり。

果たして……、麻帆の視線は部屋を一周した。

「あの、わたしはお風呂に入るとき、ダイニング・ルームでお洋服を脱いでいますが、おじ様も同じですか」

「しょうがないよな。独り住まいだから、誰の目も気にすることはないし」

白いエプロンを勢いよくはずそうとした彼女の手が、急に止まった。そして小暮のジャージに目を向けた。

「おじ様は、そのジャージの下はなにを着ていらっしゃるんですか」

「うん、トランクスだけ」

「脱ぎやすいんですね」

「実に簡単だ。三枚だけだもの」

「わたしは四枚です」

「順番に脱ぎっこをしていくと、麻帆さんの軀には、一枚残るという計算になる」

「ねっ、おじ様、ひとつお聞きしてもよろしいでしょうか」

どことなく神妙な表情になった彼女の、ちょっと困ったような視線がまとわりついてきた。

またしても彼女の脳細胞は、あっちへ飛んだり、こっちに戻ったりして、目まぐるしい。しかし、知らん顔をしているわけにもいかない。

「なに？」

お願いだから、あんまり妙なことを聞かないでくれよと念じながらも小暮は、渋々、問いかえした。

「あの、最後の一枚はどちらを残したほうがいいのかなって、わたし、迷っているんです。結婚したあと、旦那様と一緒にお風呂に入るとき、どうすればいいのか、わたし、一人では判断できません」

小暮はしばし考えた。

過去、何人の女性と付き合ってきたのか、そんなことは、すっかり忘れている。ホテルの風呂に入ったことも、温泉に行ったときも……。はて、彼女たちはどちらから脱いでいったっけ？　生憎と記憶に残っていなかった。

「どちらにしても、ちっぽけな布切れでできているんだから、そんなに深刻に考えることはないと思うよ」

いい加減な返事をしたのは、小暮自身にも正解がなかったからだ。

「おじ様は大事なことになると、必ず、わたしを突き放します。おじ様の手はわたしのウエストをしっかり抱いているんですよ。さあ、キスをしようと迫ってこられたら、わたし、逃げることができないほど、強く抱かれているんです。それなのに、むずかしく考えることはないなんて、無責任です」

弱ったことになった。

小暮は頭をかかえたくなった。が、頭をかかえると、彼女のウエストから手を離すことになり、ほら、おじ様は大事なことになると、わたしを捨ててしまいますと、本気で怒りだすかもしれない。

しかしパンツが先か、ブラジャーが先かの謎を解くには、かなりの時間がかかりそうだ。

「麻帆さん、目を閉じてくれないか」

小暮は唐突に言った。

「えっ……？　目を？」

「うん。麻帆さんが目を閉じているうちに、正しい答えを考えようと思ってね」

わかりました。短く答えた。

なんの疑いもなく麻帆は、ひっそりと瞼を閉じた。

小さな笑窪を、ほんのわずか朱に染まった頬に浮かせていた。

ためらいは禁物。彼女のウエストを抱いている両手に力をこめ、さらに引きよせ小暮は、そっと唇を重ねた。反射的に彼女の両手が首筋に巻きついてきたのだった。

唇を合わせながらも小暮は、心配した。

口臭は大丈夫だろうか。『今宵』の女将は、なんのためらいもなく唇を合わせ、舌を絡ませてきた。が、今、自分の両手に抱きしめている女性は、二十代の若さだった。

加齢の悪臭を敏感に嗅ぎつけるかもしれない。

小暮はこそっと彼女の表情を追った。

眉間に小皺など刻まれていない。なにかを我慢しているふうではない。しっかり閉じられていた瞼は、少しずつ緩んできたようにも見える。首筋に巻きついた彼女の両手には、逆に力がこもって、唇を強く押しつけてくるのだ。

嫌がっているふうではない。少なくとも、この子の穏やかな表情からは、そう読みとれた。

キスの第二段階へ進みたくなった。

唇を合わせながら小暮は、そっと舌先を出した。彼女の唇の隙間を舐めるようにして。

うっ……。彼女の喉が小さく鳴った。次の瞬間、舌先が強い力で吸いこまれた。ぬるぬると埋まっていく。口に含みいれた男の舌を、軽く噛んでくる。まさに、男の昂ぶりをさらに焚(た)きつける、やわ噛みだ。

「おじ様のお口、ビール臭いんです。ずるいんです。ご自分一人でビールを呑んで、わたしには一滴も呑ませてくれなかったんですからね」

舌の絡まりをほどいた麻帆は、ふーっと荒い息を吹きかけながら、冗談半分の文句を言った。

その表情が、ますますかわいらしい。

「たった今、麻帆さんから出た、とてもむずかしい質問に対する、正しい答えを思いついた」

「それで、どっち？」

麻帆の足がつま先立って、数回、ジャンプをした。幼女が父親に甘える仕草に似ている。これほど緊迫したシーンに直面しているのに、無邪気そのものの様子だ。それだけ小暮の気分も楽になっていく。

「うん、どちらが残ったにしても、最後の一枚はわたしが脱がしてあげる。それが男の愛情だろう」

麻帆の大きな瞳が、ぴかぴかっと輝いたように、小暮の目に映った。

「おじ様って、素敵！」

「誉めてくれてありがとう」

「ほんとうのことを言うと、ねっ、学生時代の恋人に、同じことを聞いたことがあったんです」

「ほーっ、彼はなんと答えたのかな」

「どちらでもいいさ。麻帆ちゃんが恥ずかしそうに脱いでいく姿は、ものすごくセクシーだろうな、だって。猥らしいでしょう。わたしはストリッパーじゃないんですからね」

「そのとおり。だいいち、無責任だ。なにごとにおいても、男はきっちり最後まで、責任を取る義務がある」

「おじ様はほんとうに、わたしの軀に残った最後の一枚を、脱がしてくださるのね。わたし、信用しますからね」

「もちろん。そのときわたしは素っ裸になっているんだが、麻帆さんこそ、わたしがどんなことになっていても、目をそむけないでくださいよ」

「ねっ、どんなことって、どんなこと？」

それまで笑っていた彼女の目尻に、小皺が刻まれた。

明らかに、警戒心をあらわにしているような。

「それほど物騒なことじゃないんだけれど、もしかしたら、びっくりするかもしれないと思って」

麻帆の目が、一瞬、不安そうにゆがんだ。

「もしかしたら、おじ様は、あの、古希をすぎているおじ様なのに、驚くほど大きいとか？」

大きい……？

彼女の言葉を反芻して、小暮は腹の中で笑った。他の男と比べて、多少、大ぶりかもしれないが、切腹する前より小ぶりになったことは間違いない。

何事も、病には勝てない。

見てのお愉しみだ。

できるだけ気張って巨大化しておくと、彼女の視線はそちらに注がれ、腹の切り傷の醜さを、見のがしてくれるかもしれない。

「それじゃ、脱ぎはじめてみるか」

実に色っぽくない掛け声をかけ、小暮は麻帆から離れた。

彼女の視線が頭のてっぺんからつま先まで、何度も往復し、そして股間で止まった。

しょうがない。ここまでやってしまったら、止めることはできない。小暮は渋々、ジャージの裾に手をやった。勇気を奮い起こして脱ぐしか、この場はおさまりそうもない、と。

指の動きを止めてはならない。

一気呵成。

すべてを脱ぎとって小暮は、ひょいと彼女に目を向けた。

Tシャツは脱いでいたものの、呆然とした目つきになって、小暮の全裸を見つめていたのだ。視線の先は股間の中心点。

「かわいい」

彼女は確かに、そう言った。

「なにがかわいいの？」

「おじ様の、それっ」

麻帆の指先は小暮の股間に向けられていた。

あわてふためいて小暮は、己の股間を覗いた。うーん、情けない。あらん限りの力をこめて巨大化させてやろうと気張っていたのに、現実は半勃ちで、黒い毛の群がりから、やっとこさ、顔を覗かせている体たらくだった。

「これが、かわいいのか」

恥ずかしさをこらえて小暮は、無理やり大きな声で問うた。

「だって、お辞儀をしているんですよ、わたしに向かって」

「だらしない形だな」

「いいえ、びーんと大きくなっているより、わたし、好きです。それに、優しそうで」

なんと答えていいのか、わからない。

彼女の正直な感想としても、小さいのねと、落第生の烙印(らくいん)を押されたのと同じ扱いに思えてきて。

『今宵』の女将には、太くて硬いと、優等生の誉め言葉をもらっていたのに。

「わたしのことより、麻帆さんは約束違反だよ。わたしが全部脱いだのに、まだ三枚も残っている」

小暮は厳しく糾弾した。

「だって、見とれてしまったんですもの。優しいおじ様らしいなって」

小さいは小さいなりに、仕事をしたらしい。

麻帆の口から、手術痕の質問は飛んでこないのだから。

「老いぼれのわたしに見とれてくれたことは、とてもうれしいんだけれど、わたしも待ちのぞんでいるんだ、最後の一枚はどちらかな、と」

「お願い。最後の一枚なんて、ケチなことを言わないで、全部脱がせてください。その間、わたし、おじ様のかわいい坊やを、ゆっくり拝見させていただきます」

この子の本心は、今になっても、正しく読みとれない。甘えているのか、それとも老人をからかっているのか。

まあ、どちらでもいいさ。自分はすでに全裸になっているのだから。腹を決めて小暮は、彼女の真ん前まで足を運んだ。そのときになって初めて、この子の乳房を覆っているブラジャーが純白だったことを、確認した。

繊細な刺繍が施されている。

すべて任されたのだ。順番など、どうでもよろしい。

小暮は手を伸ばした。背中にまわす。ブラジャーのホックを手際よくはずす。若い時代から女性のブラジャーをはずすテクニックは、きっちり習得していた。

「これは、かわいらしい」

ゆらりと浮きあがった左右の乳房から目を離さず、小暮は正直な感想を伝えた。

「おじ様って、わたしの真似をしています」

いくらかかすれた声で言い、麻帆は、にっと笑った。

その表情、言葉づかいから、女の羞恥はほとんど感じられない。

「真似をしたって、なにを」

「わたしのおっぱいを、かわいいって言ったでしょう。でも、わたしのおっぱいは、寝ていません。おじ様に見られて、ものすごく緊張して、昂奮して、張りつめているんです。痛いほど」

言われて小暮は、丸出しになった乳房に目をやった。

確かに小さめの乳首は、赤く染まっているし、乳房全体が、ばーんと張っているように見えた。細い血管をほんの少し浮かせて、だ。

決して大ぶりではない。

が、二十代の若さを漲らせるそのまん丸な形状は、お見事！

よしっ！　小暮は腹の中で気合いをこめた。

あと二枚だ。小暮の指は素早く動いた。スカートのファスナーを引きおろす。するすると太腿を下っていったスカートの代わりに、ごく平凡なデザインの真っ白な逆三角形が、小暮の目を射抜いた。

「きれいな軀をしていたんだ。均整がとれている。乳房の膨らみよう、ウエストの引き締まりよう、それから太腿の丸み、次に足首の軽快さ……。うん、どこを取っても優等生だ」

決してお世辞ではない。感じたそのままを伝えた。この十年ほど、二十代女性の若い肉体と接していなかった不遇を差し引いても、惚れぼれと見つめるしかなかった。

さあ、最後の一枚だ。

腰を屈めて手を伸ばそうとした。そのとき、ふいに、

「あっ、おじ様!」

麻帆が嬌声を張りあげた。

大きな瞳をまん丸に見開いて。

「どうしたの?」

最後の一枚を脱がされそうになって、おびえたのか。

「み、見て! おじ様の、それ!」

彼女の声が断片的に響いた。

指を差されて小暮はあわてて、視線を戻した。

ややっ! 知らなかった。黒い毛の隙間からやっと顔を覗かせていた男の肉が、あたりを掻き分けるようにして、突出していたのだ。いつの間に! 見ように

よっては、五万トン級軍艦の大砲のように。

おまけに砲先は、赤く染まって、なかなか勇ましい。

「これは、失礼。麻帆さんの見事なほど美しい裸体を見させてもらったら、自然現象でこうなってしまった」

「おじ様は、わたしを騙したんですね。いきなり大きなものを見せたら、麻帆が怖がるかもしれない、なんて思って。でも、おじ様はやっぱり、とっても優しい男性だったんです。わたしを怖がらせないように、気をつかってくださって」

「歳をとると、男は用心深くなるんだな。あまり脅かしてはならない、と」

「でも、立派です。きれい。形も色も。前のほうがぐぐっと迫りあがって……、ねっ、撫でなでしたくなりました」

「わたしの、ここを？」

「いけませんか」

「美しい女性に頭を撫でてもらうことは、子供のときから老人なるまで、共通した悦びだよ。小学生のころ、女の先生に頭を撫でてもらったときは、ほんとうにうれしかった」

この子と話していると、内容がごちゃごちゃになってくる。ドツボに嵌まっていくように。

それは急に、麻帆の膝ががくんと折れた。

膝を使って、近づいてくる。

ほんとうに撫でてくれるのか。

「ねっ、変なことを聞いてもいいですか」

かなり荒くなったらしい彼女の息づかいが、そそり勃った男の肉の先端に吹きかかった。そんな小さな刺激まで、男のそそり勃ちを、さらに元気づけていく。

びくんびくんと跳ねるようにして。

「こんな状態になっても、まだ聞きたいことがあるのか」

「はい。ちょっと、不思議なんです」

「なにが？」

ああっ！　思わず腰が引けた。彼女の手が、太腿の付け根にゆらりと重なってきたからだ。ちょっと湿っているような。昂奮の汗を滲ませていたら、男として大満足なのだが。

「おじ様の髪はゴマシオでしょう。白髪が出ています。それなのに、ここの毛は真っ黒です。今ね、近くに寄ってしっかり見ているんですけれど、一本もないんです。不思議です」

医学的な理由はよくわからない。

今度、あのヤブ医者に会うチャンスがあったら、詳しく聞いてみようかと思ったが、喫緊の問題として、正しい答えは出てこない。

「わたしの考えるところ、頭のほうはボケが始まっているが、下半身は現役続行中なので、黒いまんまなのかもしれないな」

咄嗟に思いついた回答としては、満点だった。

「ねえ、おじ様」

またしても麻帆は、きょとんとした視線で見あげてきた。

「まだなにか、疑問点でも？」

「おじ様の、あの、このお腹の傷は、どこかを悪くして、手術をなさったんでしょう」

「そう。あまり見栄えしないだろう」

「まだ痛むんですか。さわったらかわいそうと思って、見ているだけにしているんです」

そのコメント、愛おしい。

腹の傷をそんなふうに案じてくれていたのか、と。

「五年前に腹を切られて、ね。悪い部分は完全に切除してくれて、今は、痛くも痒くもない。気持ちが悪くなかったら、ごしごしこすっても構わない」

「ほんとうですか」

「もしかすると、その傷を優しく撫でてくれると、その……、その下で偉そうに息張っている棒肉が、ますますいい気になって、もっと大きくなるかもしれない。涙を流して、ね」

じっと聞き耳を立てていた麻帆の目尻から、大粒の涙がこぼれた。

「おじ様は、お話上手だったんですね。さっきから、わたし、ものすごく緊張していたんです。指先が震えるほど。だって、こんな明るい場所で、わたしは、パンティ一枚にさせられて、おじ様はフルヌードなんですよ。こんなの全然慣れていません、ものすごく刺激的なシチュエーションでしょう。それなのに、おじ様はわたしを笑わせて、緊張をほどいてくださるんですもの」

「緊張はほどいて、昂奮を高めていく。そうするとわたしも、麻帆さんの最後の一枚を脱がしやすくなる」

「ねっ、その前に」

短く言った麻帆の手が、太腿の根元から黒い毛の間際まで、すり寄った。

白くてほっそりとした指先が、黒い毛を選り分けてくる。

やはり、信じられない。

この女性とは、わずか数時間前に知り合ったばかりなのに、その女性の指が、黒い毛に侵入してくる現実に。

人間は長生きをしていると、たまにはラッキーに遭遇するものだと小暮は、見あげて感謝した。

はっとした。

黒い毛に分け入ってきた指の動きが、急に忙しくなったからだ。

迫りあがる男の肉の根元を、そっと撫でまわし、そして、筒先まで移動してくる。筒と笠を区分けする肉溝を、こすったり、さすったり。

小暮の神経は、腹の傷に集中した。

生温かい粘膜に、舐められた。

小暮はあわてて自分の腹を覗いた。麻帆は舌先を伸ばし、臍の脇から下腹部に伸びる手術痕を、丹念に舐めていたのだ。

醜い傷痕に舌を這(は)わせてくれた女性は、これで二人目。

思わず小暮は、彼女の頬に手のひらをあてがった。

温かい。熱を帯びている。

ああっ、舐めるだけではない。彼女の指が男の肉の先端をぬるぬる撫でまわす。すでに多少、先漏れの粘液が滲んでいたのか、麻帆の指がすべる。

その刺激、その快感！　言葉はすぐ出ない。

「麻帆さん」

この愛撫は片手落ちだ。

小暮の呼びかけに、麻帆の顔を向きあがった。頬は真っ赤。ついさっきまで蒼く澄んでいた眼は、桃色に変化していた。

「立ってくれないか。最後の一枚を脱がす責任が残っていた」

「どうしても、脱がせたい、とか？」

「うん、是が非でも。わたしのヘアを真っ黒だと誉めてくれたから、麻帆さんのヘアはどんな色あいになっているのか、自分の目で、しっかり確かめたくなったんだ」

声もなく、麻帆の顔がこくんとうなずいた。

「それにね、わたしはこの歳になっても欲張りで、麻帆さんの黒い毛から、どんな香りがもれているのか、鼻いっぱいに吸ってみたくなった」

「まだ洗っていないんですよ」

「石鹸の匂いなんて、嗅ぎたくないさ。麻帆さんの軀の芯からもれてくる香ばしい匂いを、吸ってみたくなったということ」

「あーっ、おじ様のささやき声は、わたしの軀から自由を奪っていきます。もう好きにしてくださいって」

床にしゃがんでいた麻帆の半裸が、よろりと立ちあがった。

目の前でゆらりと揺れた乳房の容量が、ついさっきより大きくなったように、小暮の目に映ったのだった。

第四章　卓上の宴

食卓の端に片手をついて、やっとのことで立ちあがった麻帆の、この部屋にはまるでそぐわない姿を追っているうち、小暮裕樹は自分のやっている事の重大性を、己の胸に問いなおしていた。

股間を覆うちっぽけな布一枚の女の裸身は逆に、男の欲望を少しずつ削ぎ落としていき、その上、哀れをもよおしてきたりして。

この女性は十カ月後に結婚する。両親に勧められ、花嫁修業に入ったばかり。自分との年齢差はいくつあるのだ？　正確に勘定すると四十四。大差である。しかも、二軒隣りの部屋に引っ越してきたばかりのご近所さんで、ばったりと廊下で出くわしてから、まだ三時間ほどしか経っていない。

そんな女性を今、裸同然にして、目の前に立たせている。

若いころだったら、向こう見ずの性格を前面に押し出し、相手が人妻だろうが、ほかの男の恋人であろうが、同じようなシチュエーションを迎えたら、腹のうちで万歳を叫びながら、すぐさま猛然と次の行動に移っていただろう。

が、間もなく後期高齢者の仲間入りをする年寄りの頭には、一瞬のためらい、反省がよぎる。

ジェネレーション・ギャップがあるにせよ、こんな無謀なことを、喜び勇んでやってもいいのだろうか?

事がうまく運びすぎている。

が、救いがあった。

自分はすでに全裸になって、男の象徴を激しく、勇ましく、巨大にそそり勃たせていた。しかもこの女性は、逃げていかない。心のどこかに、恐怖心の一点でもあったら、脱兎(だっと)の如く部屋を飛び出していくだろう。逃げる先は二軒隣りなのだから、いざとなったら、裸でも飛び出せる。

(この女(ひと)だって、待っているのかもしれない)

わたしの行動を。

小暮は改めて、自分に強く言いきかせた。

「恥ずかしくないか」

小暮の声は猫撫でになっていた。

いいえ、とでも言いたそうに麻帆は、顔を小さく左右に振った。が、目尻は下がって、助けを求めているふうなのだ。

「最後の一枚を脱がせるのが、もったいなくなってきてね」

小暮は本心を伝えた。

女性はやはり、どこかをひっそり隠しているほうが、美しく、そして悩ましく映ってくるのかもしれない。

「おじ様は、お元気なんですね」

麻帆はやっと口を開いた。が、その声はとても小さい。

「素敵な麻帆さんを目の前にして、しょげてはいられない」

「さっきより、大きくなっています」

「麻帆さんが撫でなでしてくれたからかな。それに、麻帆さんはわたしの腹の傷にキスをしてくれた。勇気百倍、元気千倍」

「おじ様って、わたしの理想の男性かもしれません」

彼女の声に張りが戻ってきた。

「えっ、わたしが？」

「こんなことを言っても、叱らないでくださいね。わたし、こう見えても気の弱いところもあるんです。おじ様に嫌われたら、実家に帰ります」

この懐きよう、尋常じゃない。

「麻帆さんの言うことだったら、すべて素直に受けとめるよ」

「あのね、おじ様って、普通の男性でしょう。背が高いわけでもないし、お顔は美男子の部類に入らないと思います」

「外面に、自信はないな。まるで見栄えのしない男だし、それに、見たとおりの年寄りだ。おじさんじゃなくて、おじいさんだろうな」

「そう、そうなの。でもね、おじ様はきっとマジシャンなのね」

「えっ、魔法使い？」

「そうでしょう。わたしは嫁入り前の小娘で、自分の軀を大事にしないといけない時期なのに、いつの間にか、ブラも取られていたんです。だっておじ様と初めて顔を合わせたのは、三時間ほど前でしょう。わたしがこんな恥ずかしい恰好になっているなんて、信じられません。わたしって、わりと身持ちのいい女と思っていたんです」

「悪かった。人生の先輩としては恥知らずというのか、強欲というのか、大いに反省しないといけない」

「それにね、おじ様の……、ねっ、恰好を見てください。女の子の前なのに、なんにも着ていないんです。裸です。それもダイニング・ルームで。おかしいと思いませんか」

言葉を紡いでいるうち、麻帆の姿勢が、だんだんしゃっきりしてくる。今にも崩れそうだった膝がまっすぐ立ってくるし、小ぶりの乳房に張りが戻ってきた。乳首の赤みにも艶が浮いてきて。

「そう質されると、わたしとしたことが、少々、理解に苦しむ行動を取っていたかもしれない」

「おじ様って、ほんとうにおもしろい人。二人ともほとんどヌードになって、おじ様は、ねっ、ご自分の男性の象徴が今、どんなふうになっているのか、ご存知でしょう。それなのに、お口から出てくる言葉は、しゃちこばって、わたし、職員室に呼ばれて、担任の先生に叱られている中学生みたいです」

事の成りゆきだった。今ごろになって、ごめんなさいと謝るわけにもいかない。双方の立場をよく理解して、香ばしい匂いを漂わせる金目鯛の煮付けを肴に、一杯呑もうか、という雰囲気でもないのだ。

「どうしようか」

困り果てて小暮は、四十四歳も年下の女性に助けを求めた。

「お風呂に入りましょうか」

「いや、それはもったいない」

小暮は即座に断った。

「えっ、もったいないって、なぜ？」

麻帆はきょとんとした目つきを送ってきた。

「風呂に入ったら、麻帆さんの全身から発露してくる素敵な匂いとか、甘そうな味が全部消えてしまう。わたしがかわいそうだろう。こんなチャンスは滅多にめぐってこないんだから」

「それじゃ、おじ様はどうしたいんですか」

自分が素っ裸になっていることを失念して小暮は、つい、腕を組んだ。

いろいろ考えをめぐらせても、最終的な結論は一点に絞られる。

「やはり、最初の話し合いを完遂させるべく、その小さなパンツをわたしの手で脱がせてもらおうか。そうしたのちに、では次になにをなすべきか、二人で慎重に検討してみたらどうだろうか」

麻帆は声を殺して笑った。いくらか背中を丸め、目に涙さえ溜めて。よほどおかしいらしい。怒りの涙や、悲しみの涙ではない。うれし泣きや笑いごともはない。自分はかなり真剣に応答しているつもりだったと、小暮は腹のうちでぼやいた。

ええっ！　小暮は目を見張った。

麻帆が急にあたふたと、食卓の上を片づけはじめたからだ。箸立てや醤油瓶、ティッシュの箱、グラスなど。それは手際よく、椅子の上に移していく。

あっ、おいっ、なにをするのだ！　危うく小暮は大声を発しそうになった。麻帆の裸が食卓に這い上がったからだ。仰向けに寝る。そして、膝を立てた。

あわてて小暮は食卓の真横に立った。

笑っている。にこやかに。両手で乳房の膨らみを覆いながら。

これほど痛快、俊敏に行動する女性と出会ったのは、初めてだった。

自分の二十代のころ……、それは半世紀近くも昔のことになるが、幼い恋を語らい、愛を実らせた女性でも、衣服を脱がせるまでは、かなりの時間を要した。

が、二十一世紀に生息する若い女性は、その気になると、いっさい臆することなく、やることなすことすべてが素早い。

「特別のお料理ができました。おいしいかまずいか、食べてみてください。どこからでも結構です。金目鯛の煮付けより、おいしいと思います」

食卓に仰臥した麻帆に、しゃっきり言われて小暮は、あたふたした。

この子は七十二歳になった老人を、手玉に取っている。

「ずいぶん、盛りだくさんの料理だ」

懸命に冗談を返したが、声はかすれた。

十九か二十歳のとき、童貞を捨てて以来、これほどさばけた女性と遭遇したのは、もちろん初めてのことだった。

「お箸はいらないでしょう。手づかみのほうが、おいしいと思います」

「それがね、どこから試食しようか、迷っているんだ。どれもこれも、色とりどりで、実にうまそうだ」

「ああん、そんなに怖い顔をして、睨まないでください。せっかくお出ししたお料理が、おびえてきます」

「それじゃ、胸を隠している手をどけてくれないかな。麻帆さんの小さな乳首は濁りのない赤で、美味なる料理のトッピングになっているかもしれない」

「お肉料理に添えられたサクランボウみたいで？」

答えた麻帆の両手が、乳房の上から、するりとずり下がった。

まさにトッピング！　手のひらに押さえられていた乳首が艶を増して、ぴょこんと飛び出してきたからだ。小暮の目には、確かにそう映った。

手でさわっては、味がわからない。

小暮の唇は急降下した。着地点は赤い蕾。舌先でぺろっと舐め、すぐさま唇に挟んだ。

「あっ、あっ、おじ……、様！」

切れ切れに叫んだ麻帆の胸が、激しく迫りあがった。同時に、小暮の頭を抱きくるめた。唇の隙間にそっと挟んだつもりの乳首が、口の奥までのめりこんできたように、小暮は感じた。

乳房全体を頬張った。

柔らかい。口を押し返してくるような弾力もあって。

片方だけでは、えこ贔屓になる。小暮は唇をすべらせ、もう一方の乳房を丸飲みにした。搗きたての供え餅のようななめらかさが、口いっぱいに広がっていく。かすかな汗の匂い、味が口の中いっぱいに広がっていく。

「ねっ、おっぱいって、ものすごく感じるんですね。知りませんでした。痺れてきます。あーっ、その痺れが軀全体に広がっていって、軀のあっちこっちが、うずうずしてくるんですよ」

この子の言葉にウソななさそうだ。

臍を丸出しにした下腹をうねらせ、小さな布切れ一枚の股間を、激しく上下させる。その振動に耐えられないのか。かなり頑丈にできているはずの食卓が、彼女の躯のうねりに合わせ、ぎしぎしぎし軋む。

大地震がきたら、この食卓の下に潜って避難しようと考えていたが、女一人の悶(もだ)えにもぎしぎし啼(な)いているようでは、危なっかしい。

「麻帆さんの乳房が、わたしの口の中で暴れたんだ。苦しかったのか」

乳房から口を離して小暮は、彼女の顔を真上から覗いた。

額に滲んだ汗が、長い前髪に染みついて、草の根のように、ぺたりと張りついていた。

半開きになった唇の端を、小刻みに震わせている。

「気持ちが悪かったとか？」

麻帆の顔が左右に振れた。

「待っているんです」

短く言った彼女の両手が、食卓の上を彷徨った。爪で引っかいている。

「トイレに行きたいとか？」

「バカ！　ああん、おじ様はわたしの気持ちを、全然、察してくださらないんですね」

「そう怒らないでくれ。これでも、全力を尽くしてやっているつもりなんだが、すっかり耄碌（もうろく）してしまったせいか、若い女性の気持ちの深層を、図りかねているところなんだ」

「おじ様！」

ひと声発した彼女の目は、怒っているのか、笑っているのか。

「美しい女性と接する機会もすっかり減って、やること、なすことすべてスムースに進行してくれないのも、悲しいものだ」

「おっぱいにキスしてくださったことも？」

「痛かったのか？　夢中になって、歯を立てたかもしれない。あのね、わたしはこの歳になっても歯は丈夫で、歯医者の世話になったことはないんだ。まあ、歯科でも外科でも、あの消毒液の臭いは大の苦手で、病院の玄関をくぐったのは、五年前にガンの手術したときだけだった」

話し終えて、わたしは実にとんちんかんな男だったと、猛省した。

目の下には、極小パンツ一枚になった愛らしい女の子が仰向けになって寝ているというのに。

「お医者様のことなんか、どうでもいいのです。おじ様が耄碌おじいさんて、誰が言ったんですか。ご自分を見てください。こんなややこしいお話をしているのに、勇気びんびんです。それに、わたしのおっぱいを舐めたり、吸ったり……、あんなお上手なテクニックは、耄碌されていたら、忘れているはずでしょう」

「麻帆さんに嫌われないよう、いろいろ工夫しているんだが、実技が伴っていないようで、迷惑をかけているかもしれない」

「わたしが迷惑と思ったら、もう、とっくの昔、わたしのお部屋に帰っています。ああん、そんなことより、いつになったら、わたしのお願いを聞いてくださるんですか」

「お願いって、なに？」

「ですから、たった今、申しあげましたでしょう、待っているんです、って」

「わたしを……？」

「おじ様はわたしを焦らそうとして、わざと、とぼけているんです。だって、おじ様は、百戦錬磨の兵（つわもの）でしょう。わたしが今、なにを待っているのかなんて、はっきりわかっていらっしゃるのに、知らん顔をしています」

ううっ！　小暮はうめいた。

なんの前ぶれもなく、いきなり麻帆は顔を上げ、両手で小暮の頬を挟み、唇を押しつけてきたからだ。間髪入れず、麻帆の舌先は小暮の唇を割った。強引に差しこんでくる。

待っているとは、接吻のことだったのか。

そのときになってやっと、小暮は気づいた。

遅ればせながら小暮は、無断侵入してきた舌を、柔らかく吸った。二人の舌がもつれ合う。

ちょっと甘酸っぱく感じた唾の味が、改めて男の欲望を加速させた。

唇を合わせたまま小暮は、空き家になっていた乳房に手を伸ばし、裾野から揉みあげた。乳首をつまんで、軽くひねってみる。

少し大粒になったような。

またしても麻帆の股間が、上下に激しく弾んだ。

舌を舐めあいながら、小暮は目を凝らした。彼女の股間が激しく上下すると、そのたび、薄い布に隙間ができ、その隙間の奥から黒い翳(かげ)がちらほらと覗いてくる。

（この子にも黒い毛が生えていたのか）

妙な感慨に耽った。

が、次の瞬間、小暮の手は伸びた。波打つ下腹からパンツの隙間に向かって。どうにも止められない衝動が奔って、だ。薄い布の内側にすべり込ませる。

唇を合わせたまま、麻帆の目が大きく見開いた。

睨んでいる。怒っているのか。が、麻帆の目尻が急にほころんだ。とてもうれしそうに。

勇気を得て小暮は、さらに指先を進めた。

少し湿ったような毛先が、指先にまとわりついた。とっても細そうで、長い。

「ちゃんと、育っていたね」

唇を離して小暮は、大変失礼な言葉をもらした。

相手は二十八歳の女性だったのに。

「おじ様って、やっぱりおかしい。女の子のパンティの中に手を入れて、ちゃんと育っていたね、なんて。育っているのが、普通でしょう。でも、わたしも変。おじ様の手がある奥のほうが、くすぐったいような、ぴりぴりしているような感じなんです」

指の侵入を歓迎しているのか、それとも避けているのか、よくわからない。

「このあたりは、あったかいね。熱をこもらせているのかな」

「わたしのそこをいじってきた男の人は、二人目です」

「一人目は、学生時代の恋人君？」

「はい。ものすごく乱暴だったと覚えています。鷲づかみにしたり、ヘアを引っぱったり」

「それはけしからん。しかし、彼の気持ちも理解できるな」

「あの人は、なにを考えていたんですか」

「麻帆さんほど愛くるしい女性のパンツの中に手を入れたら、昂奮して。勝手に力が入ってしまったんだろうな」

「おじ様も、昂奮していますか」

「もちろん。もう少し奥まで手を伸ばして、現状、麻帆さんの肉体が、どのように変化しているのか、確かめたくなっている……、というのが、わたしの本音なんだ」

やはりわたしは、かなり緊張している。小暮は自覚した。四十四歳も年下の女性の恥部に、指先をすべり込ませようとしているのだから。

「そんな遠まわりな言い方をなさらないで、おじ様のお好きなようにしてください」

「うん、しかし、手はいけない。麻帆さんのもっとも大切な肉に、汚れた手を差しこむことは、神に対する冒瀆と同等の罪に値するからね」

ふたたび麻帆の目が、笑いをこらえてゆがんだ。

「おじ様って、ほんとうにおもしろい。わたしはこんな恥ずかしい恰好になっているのに、大真面目な顔をなさって、道徳の講義をなさっているみたいです」

「そうかもしれない。男女交合の儀礼は、相手を尊び、心より真摯に進めていくことを基本としなければならない。この神聖なる行事を、安んじてはなりません」

いい加減なことを口走りながらも、小暮の指は明らかにまごついている。半分以上は、さらに奥深い深層に潜りこんでいきたいからだ。が、指が自由に動いてくれない。

しかし、この微妙なふれ合いが、なおのこと、小暮を官能の渦に巻きこんでいくのだ。ふと、己の股間を覗いてみると、膨張率の沸点を迎えたらしい男の肉の先端は、先漏れの粘液にまみれ、ぬるぬる。

つやつやと照り輝いているお粗末！　が、小暮は大満足した。若者に負けないほどの先漏れの粘液を、じくじく滲ませているのだから。

この現象こそ、現役男の証明だ。

「もう、わたしおじ様についていけません。むずかしいことばかりをおっしゃって、どうしていいのか、わからなくなってきました」

麻帆の目尻に、困惑しきった小皺が刻まれた。

が、ここで手をこまねいていてはならない。

「そこで、わたしにもお願いがある」

「どうでもお好きになさってください」

「手はやめて、舌を向かわせてやりたいのだが、受け入れてもらえるだろうか」

言い方まで卑屈になってきたりして。

麻帆の顔が、食卓から二十センチ近くも跳ねあがった

小暮の目には、そう映ったのだ。

「それは、ねっ、クンニのこと？」

「大昔の秘伝書には、その行為を、舐陰（しいん）と記していた。陰を舐めるという意味でね。クンニなんとかより、文学的で意味深く、しかもわかりやすい」

「わたしもそう思います。クンニリングスより舐陰のほうが、猥らしく感じて、具体的です」

「それで、どうだろうか。このチャンスに乗じて、わたしもぜひやってみたいと思っているのだが」

跳ねあがった麻帆の頭が、食卓に落ちた。長い髪をばらつかせて。

「わたし、もう抵抗しません。ううん、違いました。軀が固まってくるんです。ついさっき会ったばかりのおじ様に、わたしは裸にさせられて、これからクンニ……、いいえ、そうじゃなくて、舐陰をしていただくのです。期待感が高まってくるんです。わたしの軀はどうなっていくのかしらって。大げさじゃなくて、未知との遭遇です」

「えっ、とすると、学生時代の恋人君はやってくれなかったのか」

「彼は、あの、フェラ……、あっ、フェラは昔の言葉で、なんと言うんですか」

「口取り。あんまり色っぽくないね」

「その口取りは、苦しいときもあるんですよ」

「苦しい？　なぜ？」

彼女の股間が、もぞっとうごめいた。

「あの人は、その口取りばかりをせがんできて、舐陰はしてくれなかったんです。一度も」

「それじゃ、一方通行だった。それは悲しい」

「二十二、三の若いときでも、してほしいと思うときが、あるでしょう。大好きになった男性が、どんな愛し方をしてくれるのか、ものすごく期待して」

「そりゃそうだ。女の人は大いに昂奮してくると、秘密の肉の奥のほうから、生温かくて粘り気のある粘液をもらしてくる。その体液を、昔の人は、真液と表現したらしい」

「おじ様って、博学で雑学者だったんですね」

時間が経つにつれ、二人の会話が、違う方向に進んでいくような不安にかられた。実技で目的に達するのは、いつのことやら、と。

「その真液を、非常に美味と思って舐めるか、それとも不潔だと考え、拒否する奴とは、恋愛感情に、大いなる隔たりが生じてくる。ましてや、口取りばかりを要求して、舐陰を嫌がるような男を信用してはいけない。そやつは大バカか暴君だ」

「それじゃ、おじ様はしてくださるんですね」

「してくださるのではなく、ぜひ、させていただきたいと願っている。やってもいいかな」

「あの、自分でもわかるんです。わたしのそこ、汚れています。それに、濡れてきたみたいです」

「大いに結構。かさかさに乾燥していたら、味が薄い」

古希をすぎている老人にしては、行動が早かった。許可が出たのだ。

小暮は素早く麻帆の足元にまわった。

膝を立てた太腿は、文字どおりMの字に開いて、細い布を食いこませる股間の奥を、とても控え目に覗かせていた。ちょっと見えにくい。細い布が左右の白い肉に、それは窮屈そうに挟まれているからだ。

ごめんなさいよ。小暮は口の中でつぶやいた。そして太腿の内側に手を添え、そろりと左右に押し開いた。一瞬、彼女の太腿に、抗い(あらが)の力がこもった。が、すぐさま開放された。

ややっ！　小暮は思わず、開かれた太腿の内側まで、顔を潜らせた。

純白のパンツだった。ブラジャーとお揃いの。

女性のパンツの股座(またぐら)は、男と違って、隠すものがないから、とても幅が狭い。

が、その細い布が、わずかに変色していたのだ。薄いグレーに。染みているのだ。細い楕円を描いて。

見るからに、粘ついている色あいだった。

わたしのそこ、汚れて濡れていますと白状した彼女の言葉に、ウソはない。が、汚れているとは、到底見えない。

濡れそぼっていると言い直したほうが、適切だ。

「今、わたしの鼻に、芳しい香りが忍びこんできた」

小暮は正直に伝えた。

「いやーん、そんなに、お顔を近づけないでください。おじ様の生温かい息づかいが、ねっ、あーっ、お股の奥のほうまで吹きかかってくるのです」

「なにを言っているの。これからわたしは、舐陰をしたいと考えているんだよ。わたしの口が麻帆さんのパンツのシミに届くまで、まだ二十センチもある」

「あーっ、やっぱり、濡れていたのね。それじゃ、ほんとうに、ねっ、汚れたわたしのそこに、口を寄せてくださるのね」

「今、考えているんだ。直接がいいか、間接で我慢するか」

「そ、それって、どういう意味ですか」

「いや、麻帆さんに聞くべき問題ではなかった」

「ああん、そんなにはぐらかさないでください」

「ちょっと腰を上げて。濡れたパンツを取り除いてから、わたしの口は直接訪問しようと、たった今、決めた。余計なものは、いっさいいらない、とね」

食卓の上に、仰向けに寝ていた麻帆の顔が、ひょいと起きあがった。

大きく開かれた自分の股間を、覗きこむようにして。

「変な匂いがしても、知りませんからね。お味だって、自分で味見をしたことがありませんから、ものすごくまずくても、責任は取れません。そこに、あん、お塩やお醤油を掛けることはできないんです」

この子はほんとうに愉快な子だ。

自分だって、醤油味など好みではない。生のままがよろしい。

麻帆はほんのわずか腰を浮かせた。

小暮は若い時代の手練を思い出した。女性のパンツやブラジャーを脱がす手順は、忘れていなかった。彼女の股間に深く潜りこみ、両手を伸ばし、パンツのゴムをすっと引きおろす。片方の足の膝に、白い布が皺になって巻きついた。

（これは、なめらかかな）

股間の奥にひっそり埋まっていた二枚の肉畝は、むくりとした盛りあがりを描き、そのあたりは無毛地帯になって、細い皺を刻ませた薄い皮膚を、ほんのりと染めていたのだった。

その上、股間の丘に茂っている黒い毛の群がりは、とても細く、その形は幼く映ってくる。

「麻帆さん」

小暮の声は大きくなった。

にわかに呼吸が荒くなったせいもある。

「あーっ、どうしたんですか。もう、わたし、なにも着けていません。ねっ、わたしのそこ、汚れているでしょう。ねばねばしているみたいで」

「艶出しされていますね。良質の蜂蜜を塗ったような」

「匂ってくるでしょう」

「詳細に報告すると、パンツの内側に収まっていた柔らかそうな肉が、ひくひくうごめくたび、真ん中を断ち割る肉の溝から、香ばしい匂いが。ふわりともれてくるんですよ。それに、その肉筋の奥から、泡状になった粘液がふつふつと滲み出してきて、左右の肉に染みていく」

「おじ様のしゃべり方、どんどん猥らしくなってきます。わたし、こんなことをされるの、ほんとうに初めてですから、ちょっと怖いんです。おじ様のお口がそこに接触したら、どんな感じになるのか、想像もできなくて」

「では、気持ちを落ちつけて、抵抗しないように。わたしは決して、乱暴なことはしないから」

言いながら小暮は、素早く食卓に上った。ぎしっと軋む。

こんな安物は、五百円の引き取り料を払って、さっさと粗大ゴミとして処理し、もっと頑丈な食卓を買わなければならない。なにしろこの女性は、二軒隣りの住人だったから、万端に整えておくべきである、と。

「ああーっ、おじ……、様！」

ふたたび麻帆は叫んだ。長い髪に指先をすき入れて。

さすがにその両目に、不安をよぎらせる。

しょうがない。食卓に上るなり小暮は、彼女の太腿を引きつかんで、ぐいと迫りあげたからだ。股間の奥を剝き出しにして、でんぐり返し。

衝動的な行動を止めることができない。

「こんな恰好になってもらうと、麻帆さんの味も匂いも、万遍なく味わうことができるんだ」

「このまま、舐陰を？」

「そう。麻帆さんの姿は、ものすごく淫らで猥らしい。しかし、その反面で、女性美の究極を表現していると、わたしは見直しているんだ、麻帆さんの勇気と、それから美しさに」

自分の言葉に、その場凌ぎのおもねりやおだてはない。小暮は確信した。

仰臥しているせいで、乳房はほぼ平板になってしまったが、巨乳よりはるかに色っぽく、小暮の欲望をさらに焚きつける。

でんぐり返しになった彼女の股間の真上から、小暮は唇を沈めていく。女性の淫部が次第に大きくなってくるようにも見える。

肉の裂け目にひくつきが奔り、幅を広げていき、鮮やかな朱色に染まった粘膜を、ちらりちらりと覗かせくる。

新鮮な色あいだ。なぜか小暮は瞼を閉じ、唇をいっぱいに広げ、むしゃぶりついた。

「ああっ、おじ様、なにをしたんですか」

麻帆の声が絶叫した。

ほとんど同時に、迫りあがった股間を、さらに激しく突きあげる。

その感触は、若い女性の秘肉を丸ごと含んだような。

少し饐えたような、少し苦味が奔るような、しかも甘みを混ぜたような、それはとても複雑な味わいが、口いっぱいに広がった。

舌先で探ってみる。肉の裂け目のまわりを。無毛地帯と見ていたのに、それは細々としたヘアが生えていた。

舌に絡んできたのだ。

目より舌のほうが、その形状を正確にとらえた。

裂け目の奥に、舌先を差しこんだ。柔らかく、生温かく、そして複雑に入り組んだ粘膜に、舌先が締めつけられていくような。

その粘つきが、鼻の頭まで濡らしてきた。

「だ、だめ、です。ねっ、なにかが奥のほうまで入ってきました」

「痛いとか?」

一旦、舌を抜いて小暮は問うた。苦痛を伴うような舐陰では、女性の情感が損なわれるだけだから。

「痛くなんかありません。でも、わたし、よくわからないんです、そんなところにお口をつけられたことなんか、なかったことですから」
「それでは、つづけてもいいのかな」
「あのね、おじ様の舌が中のほうまで入ってきたでしょう。そうしたら、急に奥のほうが熱くなって、あの、なにかがもれてくるような……、ううん、違います。吹き出しそうな感じになって、じっとしていられなくなったんです。だって、おじ様のお口に、変なものを吹きかけたら、おじ様に笑われて、嫌われてしまいます」

ひょっとして、この子は潮吹き？

麻帆の訴えに、小暮の頭は目まぐるしく回転した。

そして、突然として小暮の瞼の裏側に、ずいぶん昔の出来事が、かなり鮮明に浮きあがった。それは三十代の半ばごろだったろうか。血気盛んだった。一番目の嫁と別れたあと、小暮は日毎夜毎押しよせてくる男の欲望を、どう処理するか、難儀に考えた時期があった。

素人女性を口説き落とすのは、時間と金がかかる。

非常に的確なアドバイスしてくれたのは、夕刊紙の広告欄で、デリヘル嬢の出張サービスは、自宅でもホテルでも自由であると、その広告は謳っていた。デリヘルとはデリバリー・ヘルスの略語で、二万円前後で九十分のサービスをしてくれる機関だということを知るなり、小暮はすぐさま連絡をした。

その後、幾人のヘルス嬢と接したのか、すっかり忘れたが、その中の一人は人妻で、なかなかの美形だった。

サービスも上手で、小暮は何度か裏を返した。

その日のことを忘れない。

何度目かのサービスに来た彼女は、ベッドに潜ってくるなり、いつもより激しいフェラを始めた。その仕草は、商売抜きの大真面目の奮闘ぶりだった。数分経って彼女は急に布団から抜け出し、助けて！　としがみついてきたのだ。

なにか悪さをしたのかと不安になったが、額に汗をし、真っ赤な顔をした彼女は、バスタオルを持ってきてくださいと訴えた。

布団の中のサービスで汗をかいたのだろう。小暮はすぐさまバスルームに走って、バスタオルを手にして、引き返した。

驚いた。ベッドに片膝をついて彼女は、剝き出しになった黒い毛の内側に手を差しこみ、こねまわしていたのだ。その恰好は忘れられない。首筋を反らし、片方の手は、かなり豊かな乳房を支えていた。

「そのバスタオルをわたしの股の下に敷いてください」

彼女は言った。

なにが起きたのかと、小暮は右往左往。

それでもバスタオルを敷いた。

「あなたの手も、わたしの股の下に入れて、助けてください。もうすぐ、出そうなんです。わたし一人で出すより、あなたに助けていただいたほうが、ずっと気持ちよくなるんです」

自慰の助っ人か。どこまでも戯びだったが、たまには相方にサービスをしてやるのも悪くないと、小暮は彼女の股間に手を差しこんだ。濡れていた。ぬるぬる、と。

彼女の股間が迫り出した。太腿を大きく開ききって、だ。

小暮の指が、彼女の秘肉をいじっていたのは、三十秒ほどだったろうか。彼女は叫んだ。

「出ます、あーっ、出ていきます」

声と時を同じくして、小暮の手に大量の水泡が飛び散った。

ベッドの敷いたバスタオルを、水浸しにして。

その水泡が、女性の潮吹き立ったことを知ったのは、九十分のサービスが終わって、彼女はとても恥ずかしそうに白状したときだった。

「お客様をお口にしているうち、わたし、本気になって出したくなったのです。とっても気持ちがよかった。久しぶりにたくさん、おもらしをさせていただきましたから」

彼女のコメントは、四十年も昔のことだから、正確ではない。けれど大要は間違っていない。

そして今、舐陰が最高潮に達したとき、麻帆は悲しそうな悲鳴をあげた。奥のほうからなにかが吹き出しそうになって、と。

潮に違いない。

貴重品なのだ。潮吹き女性との対面は長い人生で、二人目なのだから。

「麻帆さん、仰向けになっていると、出にくいかもしれない。さあ、膝立ちになってごらん。わたしが助けてあげる」

小暮の声を信じたのか、麻帆はよろっと腰を上げ、食卓の上で膝立ちになった。

バスタオルを持ってくることもあるまい。食卓を水浸しにしたら、それも一興。が、食卓に垂れ流すのはもったいない。

小暮の行動は、さらに俊敏になった。

仰向けになるなり、膝立ちになった彼女の股間の真下にすべり込んだ。

二枚の肉畝は赤紫に変色し、明らかに膨張していた。縦に切れる肉筋の幅をやや広めにし、その突端に飛び出した肉の芽を、ぴくぴくもがかせている。小暮の目には、そう映った。

不浄の指を、手助けに使ってはならない。

この子はデリバリー嬢ではなかった。

小暮は懸命に顔を上げ、二枚の肉畝を睨みつけ、そしてできるだけ長く舌先を突き出すなり、肉の裂け目に差しこんだ。

「あーっ、おじ様、もう、だめです。ほんとうです。こんな刺激、初めてです。お腹が、大暴れしているんです。あーっ、出ます、出します」

切れ切れに叫んだ麻帆の上体が、腰からがっくり折れた。次の瞬間、そそり勃つ男の肉が、生温かい粘膜に包まれた。

ほぼ同時だった。

麻帆の膣奥に、激しい蠕動が奔った。舌先を震わせる。

小暮はうなった。舌先を差しこんだ膣奥のどこからか、それはシャワーの勢いで、大量の水泡が飛び散ってきたのだった。無味無臭。いや、じっくり味わっている余裕がなかったのだ。

小暮は飲んだ。

反射的に小暮は、股間を突きあげていた。

びゅびゅっと噴き出していく。止め処もなく。

一瞬、小暮は放心した。麻帆の上体も股間を目がけてつぶれてきたからだ。そのとき小暮ははっきり確認した。おびただしい男の濁液を放出した男の肉から、麻帆の口が離れていなかったこと、を。

それから二十日ほど経ったとき……。

小暮はかなりの豪華版である温泉宿の窓辺に、たった一人、立ちつくしていた。開け放った窓から吹きこんでくる涼しい風に、秋の匂いを感じながら。

東京から特急電車を利用して、二時間ほど。伊豆(いず)半島の東南に位置する稲取(いなとり)温泉郷に来たのは、おおよそ三十年ぶりのことだった。

四日前の夕方、まるで期待していなかった女性から、短いメッセージが入った。

『やっと休暇をいただきました。でも、わずか六十時間です。もし編集長のご都合がつきましたら、小さな旅行のお供をさせてください。美抄』

ほとんど期待していなかった。いや、忘れていたと言ったほうが、正しいかもしれない。一カ月ほど前、神田川の畔にある鰻屋でのデートは短時間だった。別れ際に彼女は言った。必ずご連絡をしますから、わたしのこと、忘れないでください。

彼女との約束を忘れていたのは、自分の落ち度だったと小暮は、耳たぶが熱くなるほど赤面した。

なんと迂闊な男か、と。

苦しい弁解をするなら、自ら忘れようと努力していたのかもしれない。彼女はよその奥さんで、その上、介護施設で仕事をしていた。かなりの労働時間を強いられていたらしい。次のデートを期待するほうが、欲深すぎる。

が、小暮はにわかにやる気になった。意欲満々。

小さな旅行のお供をさせてくださいと、伝えてきたのだ。スマホでメッセージを送ってきたのは、話ができない理由があったのだろう。

たった六十時間の逢瀬である。それもかなり極秘の。

小暮の頭は目まぐるしく回転した。時間がたっぷりあったら、イタリアのフィレンツェに誘ってあげたいと考えたが、片道二十時間以上もかかる長旅には、とても無理な話だった。

その昔、小暮は取材旅行でローマに行ったことがあった。ここまで来たのだからと、イタリアの古都であるフィレンツェまで足を伸ばした。

その荘厳で古びた佇まいは、まだ目の底に浮かぶこともある。

旅先をどこにするか？　考えぬいた結果が、伊豆半島の稲取温泉だった。いかにも安直な計画だが、時間制限があっては、時間の無駄づかいをするわけにはいかない。

窓辺から眺める夕陽は、海面をオレンジ色に染めた。それよりなにより、それぞれの部屋に露天風呂が設置されていて、誰の目にもふれることのない秘密めいた造りが、旅先を稲取に決めた大きな理由だった。

小暮はすぐさま宿に予約を入れ、彼女にメッセージを送った。

旅館の名称、アクセス、電話番号などを。

三分としないうちに、ふたたびメッセージが届いた。

『ありがとうございます。わたしは午後の四時ごろ着くようにします。必ず参ります。美抄』

そんなやり取りがあったのが、四日前だった。東京駅あたりで合流して、同じ電車に乗って行きたいという思いもあったが、よく考えてみると、彼女は清廉な人妻で、他人の目も気になるだろう。その他諸々、一緒に行けない理由があるはずだと、小暮はあきらめた。

その日が今日……。

神田の鰻屋での密会は、多少の不安があった。ほんとうに来てくれるのだろうか、と。が、今回はかなりどっしりと腰を据え、小暮は待ちかまえた。必ず来るはずだ。

指定された午後の四時を五分ほど過ぎたとき、女性の声が聞こえた。

お連れ様がいらっしゃいました。

外の景色から目を離して、小暮は振り返った。

おやっ！　開かれたドアの向こうに、和服姿の女性がひっそりと立ちつくしていたからだ。

間違いない。美抄ちゃんだ。

それにしても、東京から和服で？　なぜ？

生憎と女性の和服に関する知識は、無に等しかった。が、淡い藤色の下地に、千鳥格子のような染め模様が、赤茶の帯とマッチして、落ちついた雰囲気を醸していた。

「素敵なお部屋」

ひと声もらした美抄は、手にしていた薄茶のバッグをテーブルに置いて、白足袋のつま先を摺って窓辺に近寄った。

「和服も似合うね」

久しぶりの再会だというのに、二人の会話に慣れがあった。

同じ会社の先輩、後輩だったという親しみが、言葉を和らげたのだろうか。

「今日はお昼ごろから、伊豆に来ていました」

なんの屈託もなく彼女の口から出てきたひと言に、小暮はぎくりとした。

「一人で？」

「はい。城ケ崎海岸をまわってまいりました」

おいっ！　それは冷たい。わたしを旅籠に待たせておいて、一人で伊豆半島を周遊してくるなんて。

小暮は腹の中でぶつくさ文句を言った。

「車を運転してきたものですから、ちょっと寄り道をしてきました」

少しの時間をおいて、美抄は付け足した。

ますます機嫌が悪くなっていく。車で来たのだったら、半分くらい、おれが運転してあげたのに、と。しかも車だったら、他人の目を気にすることはない。

自分の表情が明らかに不機嫌になっていくことに、小暮はいらだった。言葉を悪くすると、コケにされたような。

が、美抄はさりげなく付け足した。

「伊豆には、二十代のころの、思い出があるのです」

「思い出？」

「はい。吉永と結婚する前のことです。ですからもう、四十年も昔のことになります」

そのときになって小暮は、はっと思いついた。

この女性は会社のマドンナ的存在で、誰がこの女性を射落とすのか、男共の賭けの対象になるほどの、麗しい美人さんだった。

よくある話だ。

四十年もの昔、恋人の一人や二人いたって、不思議ではない。

「甘い思い出なんだね」

自分自身、その昔から、他人の行状をとやかく言うほど、清廉な日々を送っていたわけではない。

「おわかりになりますか」

悪びれる様子もなく、美抄はほんのわずかな恥じらいの笑みをもらし、答えた。

「美抄ちゃんは特上の美人さんだったから、甘い思い出のひとつやふたつがあるのが、普通だろう」

「大学時代の先輩でした。ほんとうは、わたし、彼と結婚しようと考えていました。尊敬して、信頼していましたから」

「なぜ、結婚しなかったの？」

二人の声が、だんだんしんみりしてくる。

「彼は二十六歳の若さで亡くなったのです」

「えっ、死んだ？」

「心臓に欠陥があったようです。自覚症状はあったようでしたが、おれは大丈夫と、お医者様に診てもらうことを拒否していました」

「そうすると、発作を起こしたとか？」

「はい。病院に搬入されたときは、もうだめでした」

表現しがたい哀悼の気持ちが、小暮の胸を締めつけた。

そんな傷ましい過去は、聞きたくない。哀れすぎる。心が痛む。

念願叶って、二人は温泉旅行に辿りついたばかりだったのに。

おそらく……、この女性は若い恋人と付き合っていたころ、伊豆半島を何度か訪ねたのだろう。ある意味では思い出の地で、今は亡き彼を偲んで、城ヶ崎海岸あたりを巡ってきたに違いない。

昔を懐かしむのは勝手だが、しかし、おれとの旅でまかなうこともないだろう。小暮はいささか腹立たしくなってきた自分の気持ちを、懸命に抑えた。

もう帰ろうか、とさえ考えたりして。

「吉永と結婚したあとも、彼の面影はなかなか消えなかったのです。主人とちょっとしたトラブルがあると、彼のことを思い出したりして」

「よほど好きだったんだね」

「はい、心の底からお慕いしておりました。でも、わたしも還暦を迎えた年齢になって、いつまでも弱い女でいたらいけない。彼との思い出をすべて消し去ってしまいたいと、願うようになりました。主人にも申しわけありませんでしょう」

まあ、勝手にしなさいよ。

小暮の心中はますます白けていく。

おれにはどうすることもできない。

「彼のお墓に、ぼく一緒にお参りしてあげようか」

口にして小暮はつい、苦笑いをもらした。自分の歳、体力を克服して、回春に意欲を燃やしたのは、東村山の墓地で盗み見した若いカップルの熱烈な接吻、抱擁に起因した。

小料理屋『今宵』の女将と、非常に衝動的な交接をやってしまったのも、霊園だった。

そして今、美抄の昔の恋人が眠る墓に詣でてやるなんて、因縁めいた話でおっかない。二人で墓参りをして、その場で熱い抱擁、接吻ができるのだったら、考え直してもいいのだが。

「わたし、編集長からお誘いをいただいたとき、一人で決めました」

「なにを？」

「いつまで経っても終わらないわたしの切ない気持ちを、さっぱり消し去ってくださるのは、編集長しかいらっしゃらない、と」

「とすると、ぼくがその亡霊様に対する三行半の片棒を、担ぐのか」

「いけませんか」

「いい、悪いというより、亡くなった彼のことを、わたしはなにも知らないしな」

「いいえ、あの人のことは、もう、どうでもいいのです。肝心なことは、わたしの恋慕の気持ちに、太くて強い楔(くさび)を打ってくださるのは、編集長しかいらっしゃらないと、自分で決めてしまったのです」

快く引き受けていいものかどうか、小暮は大いに迷った。

死者に鞭打つ行為かもしれないからだ。墓に埋まってしまっても、彼の気持ちが美抄一念だったら、おれの枕元に、うらめしや……、と、亡霊となって現れるかもしれない。

それが、今夜だったりして。

それは怖い！

それよりなにより、この女性がなぜ、三行半役の片棒に自分を選んだのか、その理由がよくわからない。まさか、特上の松の鰻重が餌になったわけでもあるまいが。

「ぼくがそんな大役をこなせるのかな」

不安いっぱいになって小暮は、彼女の横顔を追った。

「現役時代……、いえ、ですから同じ会社で働かせていただいた当時の編集長を、尊敬したり、あきれたりして、あるときは、ものすごく心配しながら見守っておりました。編集長にはご迷惑だったかもしれませんが」

「あきれた？」

聞き捨てならないひと言だった。

「はい。大胆不敵というのでしょうか。編集部からまわってくる銀座や赤坂のクラブの請求書とか出金伝票は、一応、わたしがチェックしていました。いつも驚きました。編集長のお金遣いの荒さに。ほかの方とは桁（けた）が違っていましたから。もちろん、そのあと役員のチェックも入りますし」

おいっ！　そんな大昔の事案を、今ごろほじくらないでくれ。

確かに、金遣いはやりたい放題。が、それなりの仕事はこなしていたはずだ。

「でも、全然、悪びれた様子もなく、むちゃくちゃな伝票を出してこられる編集長に、わたし、畏敬の念を持っていました。ウソじゃありません」

誉めてくれているのか、けなされているのか。

「しかし、ずっと大昔の金遣いの荒さと、今回の伊豆旅行は、なんの関係もないだろうに」

「いいえ、あのさっぱりとした気質や、豪放磊落さ。それとは正反対の、坊やのような無邪気さは、わたしの傷心をきっと、きれいにぬぐい去ってくださると、確信したのです。それに……」

「それに、どうしたの？」

「今ごろになってこんなことを言ったら、大笑いされるかもしれませんが、わたし、あのころ、他人の目など、いっさい気になさらない編集長のことが大好きだったのです。淡い恋の心もあったんですよ。ごめんなさい、こんなおばあちゃんになってから、告白してもしょうがありませんわね」

「美抄ちゃんは男性社員の憧れの的で、酒の席で、いつも話題になっていたんだが、ぼくもその一員だったかもしれない。しかし年齢はひと回りも違って、勝負にならないと、あきらめていた」

「恋心に年齢は関係ございません。それに、今度の小さな旅を伊豆とお聞きして、もう絶対、編集長にお願いしようと、自分に強く言いきかせました。彼との一番の思い出は、美しい夕陽を見ながら、浜辺でしっかり抱いていただいたことですから。こんな無理難題を、吉永にお願いできないでしょう」

きっぱり言いきった美抄は、横にあったソファに、ぐったりと腰を下ろした。疲れきった様子で。

ここまで話を聞いても、女性の恋の道すがらは、よくわからない。百年の恋が、あっさり冷めることもあるのだから。

その一方で、そのような大役を、無事にこなせる自信もないし。

どうしたものか……。小暮はかなり深刻に思案した。

「長い人生には、いろいろあるな」

溜め息まじりにつぶやいて、小暮は彼女の真横に座った。なぜか重い疲労感を覚えながら。

「このお部屋には、露天風呂が付いていると、先ほど、仲居さんにお聞きしましたが、大きなお風呂だったんですね」

いきなり話題を変えた美抄の目が、ベランダの真横に設えてある風呂に向いた。

木立に囲まれた外湯（そとゆ）は、四、五人はゆったり浸かれるほど大きなスペースで、湯面は透明感のあるエメラルドブルーに反射している。

「美抄ちゃんが来たら、すぐ、入ってもらおうと考えていたんだ」

「まあ、わたしが、あのお風呂に？」

「温泉が嫌いというわけじゃないんだろう」

そのときになってやっと、小暮はずいぶん着古したジャケットを脱いで、ソファの片隅にぽいと投げた。

美抄はすぐに立ちあがった。そして投げすてたジャケットを拾い、丁寧にたたんだ。女性らしい気遣いが、かなり苛立っていた小暮の気分を和らげていく。

彼女は少し腰を曲げた。美しい。淡い藤色の和服に包まれた臀の円やかさが。なめらかなのだ。

「わたしが温泉をいただいている間、編集長はどうなさっていらっしゃるのでしょうか」

ひょいと振り向いてきた彼女の目に、意地悪そうな笑みが浮いた。こっそり覗かないでくださいね、とでも言いたげに。

「美抄ちゃん、あのね、今は二人だけなんだよ。こんな由緒のありそうな温泉宿の一室で。だから、その編集長呼ばわりはやめてくれないか。現役時代、さんざん会社の金を遣いまくって遊んでいた男を、虐めているようにも聞こえてくる」

「小暮さんでは、もっと他人行儀になります」

「それじゃ、裕樹と呼び捨てにしてもらっても結構だ」

「いやだわ、勇気、元気の先頭を走っていらっしゃった男性だったのに。今さら元気づけることもありませんでしょう」

「うん、それがね、古希をすぎた今ごろになって、その元気、勇気が、ますます回復してきたんだ。だから、美抄ちゃんのことも、自信を持って誘うことができた。惨めな姿は見せたくないからな」

「それは、おめでとうございます。でも、いくらお元気になられても、わたしのようなおばあちゃんと一緒に、露天風呂に入る勇気はございませんでしょう」

わたしたちは夫婦漫才をやっているわけではない。

が、ユーモアに満ちた彼女の受け答えを耳にしているうち、一方的にコケにされたような苛立ちがおさまってくる。

「この混浴を実現させる要諦は、初段の構えと、許容の気持ち、それと、いずれにも負けない情愛の深さを必要とするかもしれない」

「はあ……？」

美抄の表情がにわかに曇った。怪訝な視線を送ってくる。

疑いを持たれても致し方あるまい。自分でも、自分の言葉をうまく理解できないのだから。

「まあ、もっと簡単に言うと、お互い、あんまり期待しないほうが、いい、ということかな。混浴するためには、素肌をさらさないとならない。五年前、ガンの手術をして、腹に切り傷がある。長さ二十センチほどの。見栄えするものじゃないしな」

「そんなこと、ご心配なく。わたしは介護施設でお仕事をしているのです。おじいさん、おばあさんの中には、お気の毒なほど大きな手術痕が残っている方もいらっしゃいます。軀が不自由になったお年寄りの傷痕を、わたし、温かいタオルでぬぐって差しあげます。そうしますと、それは気持ちよさそうに笑ってくださったりして」

少なからず、救われた。小暮はそう実感した。

この女性は美しさと、相手を心からいたわる憐憫の情を兼ね備えた才女であると、再確認して。

話しこんでいるうち、赤く焼けた夕陽が西の海に沈んでいった。水平線の向こうに聳えていた富士山が、黒い影となって、溶けこんでいくような。

この先の行動をどうしていけばよいのか、小暮は頭をかかえたくなった。グッドアイディアが浮かんでこない。

（やっぱり、一杯呑むか）

現役時代はまったくアルコールを受けつけない体質だったが、術後、多少、たしなむようになった。決してうまいとは思わないが、睡眠薬代わりと、景気づけである。

部屋の片隅に置いてある冷蔵庫に歩いて、缶ビールを二本取り出した。

「えっ、編集長はお酒をお呑みになるんですか。わたし、下戸だと聞いておりました。ですから、お酒も呑まないのに、ひと晩で三軒も五軒もクラブをまわっていらっしゃったような請求書を見て、びっくりしていたんですよ」

口ぐせは直らない。

「六十時間の制限時間内を、少しでも有意義に過ごす方法を探るために、呑みなれないアルコールの力を借りようと思ってね」

「気分を悪くなさらないでくださいよ」

缶ビール二本を手にしたまま小暮は、ソファに戻った。そして二人の距離を大幅に縮めた。彼女のほのかな香りが、鼻の穴をくすぐってくるほど。

「美抄さんが仕事をしている介護施設では、立つこともままならない男女のご老人が、庭先で手を握り合っているそうだけれど、ぼくにはまだ、そんな勇気が湧いてこない。それで、コップ一杯ぐらいビールを呑んだら、胸のうちに赤い火がぽっと灯るかもしれないと思って、ね」

「いやです。お酒の力を借りないとなにもできないなんて、編集長……、いえ、裕樹さんらしくありません」

そのときになって初めて、二人の視線が至近距離で、音を立てるほどの勢いでぶつかった。

ほんの少しの涙目が、薄い桃色に染まってくる。

缶ビールを追いやって小暮は、美抄の肩に手をまわし、引きよせる。

「わたしを抱いても、後悔なさらないでください」

小声をもらした美抄の上体が、ゆらりと胸板に倒れてきたのだった。小暮はしっかり受けとめた。彼女の荒い息づかいを、胸元に感じながら。

第五章　合わせて１３３歳の初混浴

さて、弱った……。

憧れだった美人さんを、両腕にしっかり抱きとめたものの、それじゃ、これからどうすればいいのだと、小暮裕樹は困り果てている。

顎(あご)でも支え、いきなり接吻に及んだら、怒られるかもしれない。乱暴なことはなさらないでください。そんなつもりで伊豆に参ったのではございません、とか。

女性と接した回数は、数知れずだが、還暦をすぎた女性を相手にしたことは、残念ながら、一度もない。

ある意味では未熟者。

では、気分よく露天風呂に入りましょうかと、話がまとまったにしても、手際よく着物を脱がせていく自信は、どこにもない。だいいち、ずいぶん頑丈そうに巻かれた帯は、どうやって解(ほど)いていくのだ？

手の施しようもなさそうで。

胸板に埋もれていた美抄の顔が、ゆっくり起きた。

「あなたの心臓の音が、わたしの耳に、とても元気よく響いてまいります。気持ちよさそうに、リズミカルに」

ナースのような、優しげな声をかけられた。

「軀は小さいくせに、その昔から、心臓は強かったようだね」

「うらやましい。あの人の心臓も、あなたのように強かったら、わたしの苗字は吉永ではなく、田原(たはら)になっていたはずです」

言って美抄は、ぐすんと鼻を鳴らした。

心臓発作で亡くなった元恋人殿の苗字が、田原だったことを、小暮はそのとき知った。が、なにかにつけ、彼のことを思い出す彼女の心情は、相当、根が深い。どれほど恋焦がれ、懐かしんでも、その男は戻ってこない。

話題を逸らさないといけない。どんどん湿っぽくなっていく。

「今、ぼくは足し算をしていたんだ」

「えっ、足し算?」

二人の視線が、間近でぶつかった。

彼女の目は疑問に満ちている。

「うん。ギネスブックに申請するには、数字がかなり足りないが、少なくとも、この旅館に宿泊しているお客さんの中では、断トツかもしれない」

「あなたがなにを考えていらっしゃるのか、わたしには、ほとんどわからないのです。あなたの奥さんにならなくて、よかった。お前は理解不足の女だと、叱られてばかりで。それで、今、なにをお考えになっていらっしゃったのでしょうか。教えてください」

「二人の年齢を足し算すると、１３３になる。四十年以上も連れ添った老夫婦が温泉沐浴を愉しみに、稲取に来たのとは、わけが違う」

「１３３歳、にも！」

「平均すると66・5歳になる。そんな年寄り同士が昔のことを懐かしんで、甘い夢を追い、温泉宿で合流したなんて、これはとても風流な絵物語じゃないかと、わたしなりに満足していたところなんだ」

「素敵なことだと思います。事の始めに、こうしてあなたの胸に抱かれていてもわたしの気持ちに、後悔とか反省の気持ちは、一ミリグラムもございません」

あなたは今、ご主人を裏切っているんだよ。口から出かかった先輩ぶったたしなめは、すぐさま胸の奥深くにしまい込んだ。

「しかし、ぼくとしたことが、非常に困っているんだ」

小暮はつい、本音を吐いた。

「なにを、でしょうか」

宿のスリッパが、白い足袋からするりと抜けて、ぽとんと床に落ちた。和服の裾が、わずかに乱れた。きゅっと引き締まった生白い足首が、ぞくっとするほど艶めかしい。

「接吻をせがんでいいものか、どうか」

「わたしと、キスを？」

「そう。われわれが唇を合わせることになると、われわれ二人のファースト・キスになる。ものすごく照れくさくなってくるんだ。その、なんていうのか、自分の歳を考えろ、彼女はよその奥さんなんだぞ、なんて、常識ぶった問題がいろいろ頭に浮かんできてね」

胸板から顔を離した彼女の目に、薄い笑いが滲んだ。

いや、笑っているのではなく、蔑んでいるようにも見えてくる。

「今の二人はフリーです。わたしが伊豆に来ていることなど、誰にも申しておりません」

「ぼくも同じだ。ま、しかし独り身のぼくを厳しく監視するような人は、誰一人いないしな」

「あなたはこれまで、何人の女性と関係を密になさったのか、わたしは存じません。でも、そのたびに、あなたはお相手の女性に、キスをしてもいいのか？　と許可を求められたのでしょうか」

鋭く指摘されて、小暮は頭を掻きたくなった。

それほど初心（うぶ）な男ではなかった。

「昔から美抄ちゃんは、手出ししにくい女性だったせいか、ぼくも神経質になっているらしい」

「違います。あなたがためらっていらっしゃるのは、六十をすぎた女と、おれはキスなどしたくないと、心の底では嫌悪されているからです」

どうもうまくいかない。

美抄の目尻が吊りあがって、本気で怒っているふうなのだ。しかも眉間に深い皺を刻ませて。

しょうがない。弁解の言葉を継ぎ足していくと、喧嘩別れになってしまうかもしれない。その昔から、美抄は気丈な性格だったから。

問答無用。叱責（しっせき）されたら、それまでよ。小暮は彼女の肩を抱いていた手に力をこめ、引きよせた。

「あっ！」

小さく叫んだが、美抄の上体はふたたび胸板に埋もれてきた。顎に指を添わせ、顔を上げる。

えっ！　びっくりした。胸板に重なった彼女の軀全体が、かたかたと震えはじめたからだ。この女性はおれ以上、緊張している。この震えを止める手段は、かなり強引でも、唇を重ねるしかない。

小暮はそう確信した。

ソファの背もたれに彼女の頭を預け、小暮は唇を寄せた。

瞬間、彼女の両手が首筋に巻きついてきたのだった。信じられないほど強い力で。舌先で無理やり唇をこじ開け、差しこんだ。

小さな喘ぎ声をもらした彼女の舌が、おそるおそるといったふうに、絡んできた。

ミントの甘さを加えた紅茶のような味。鼻に流れこんできた匂いも微香で悪くない。

合わせて１３３歳のファースト・キスは、とても控え目な舌の動きに合わせる一方で、だんだん呼吸を弾ませていく。軀の震えをとめてやろうと小暮は、彼女の背中を抱いていた手に力をこめた。

やっぱり具合が悪い。帯が邪魔をしてくるのだ。

「おかしい……、の」

しばらくして唇を離した美抄は、目尻に涙を溜めて、くすんと笑った。

「なにが、おかしい？」

「あなたの歯が、震えていました。わたしの舌を嚙んでしまいそうなほど」

「ええっ、歯が震えていた？」

「はい。全然おいしくないキスだから、こんなの全然セクシーじゃないって、歯を震わせていらっしゃったようです」

「とんでもない。誤解もはなはだしい。美抄ちゃんの唾はミント味で、たっぷり飲ませてもらった。美抄ちゃんの唾の味は、こんな味だったのかと、男の幸せ感に浸りながらね」

「ほんとうに？」

「ウソじゃない。美抄ちゃんの許しがあったら、元同僚たちを相手に、堂々と伝えてやりたいほどなんだ」

「まあ、なにを？」

「美抄ちゃんの唾は甘かったぞ、とね。奴らはうらやましがるだろう。そして彼らは必ず聞いてくるはずだ」

「なにを、でしょうか」

「どこまでいったのか、とね」

「どこまで、って？」

「うん、だから、一緒に風呂に入ったのかとか、ベッドインしたのかと、しつこく聞いてくる」

「あなたは、どうお答えになるのでしょうか」

「美抄ちゃんは和服を着ていた。脱がせるのに苦労した。帯が頑丈に巻かれていたからね、と。そうすると彼らはきっと生唾を飲んで、手元にあったビールをがぶ呑みするだろう。続きをぜひ聞かせてくれ、と」

「全部、お話しなさるつもりですか」

「もちろん！　美抄ちゃんと初めて顔を合わせたのは、今からおおよそ四十年も昔だ。悲願成就できたのだから、思いっきり、うらやましがらせてやる」

「わたしは、還暦をすぎた女ですよ。あなたが目の色を変えて飛びかかってくるほど、若くありません。胸もです。はい、はっきり申しあげます。バストだって、もう、若いころの張りはないのです」

思わず小暮は美抄の両肩に手を添え、尻をよじって、真正面から対峙した。そんなことを口にしないでくれ。

「慰めを言っているのではなく、美抄ちゃんのおっぱいが、二十代、三十代の女の子と同じように、ぱーんと張りつめていたら、逆におかしいよ。金持ちで珍しがりやの女性は、若いころ豊胸手術をした結果、首筋やお腹に老醜（ろうしゅう）が出ているのに、おっぱいだけが張りつめて、ものすごく醜くなってしまったと嘆いている話は、何度か聞いたことがある」

「では、ふんにゃりでも我慢してくださるのね」

なんとかわいらしい言い方なのだ。ふんにゃり、なんて。

小暮の手に勇気が湧いた。

彼女の肩に添えていた右手を静かに、そっと太腿の稜線（りょうせん）にあてがった。びくんとして美抄は、小暮の手の動きを追った。和服であるから、その中身を正確に知ることはできない。

が、太腿の丸みは健在のような気がした。

「こんな話をしていると、ぼくの興味はどんどん拡大していってしまう」

「わたしの軀に？」

「そう。直接さわってみたくなった、美抄ちゃんの素肌に」

勇気を奮い起こして口にしたひと言に、自分で昂奮して、小暮はまたしても、生唾を飲んだ。粘り気が強くなっていた。

「わたしも……、あん、わたしって、こんなに慎みのない女だったのでしょうか。あなたの手を腿に感じたとき、軀中にじーんと痺れが奔って、わたしもふれてみたくなったのです。いけないことでしょう」

「わたしの軀に？」

つい小暮は、彼女とまったく同じ問いを返した。

「はい、いろいろなところに。頬や胸、それからお腹。太腿もお強そうです。お尻も立派です。六十をすぎた女にも、そんな欲はあるんですよ」

異常なほど全身がほてってくる。

女性の欲望を正直に、生々しく吐露してくるからだ。

お互いの昂奮度は、同じ土俵に上がったかもしれない。いよいよという前に、ぜひ聞いておきたいことがあった。弾む呼吸を懸命に抑えて、失礼とは思いながら、小暮は問うた。

「ぼくは女性の和服の着付けはよくわからないんだけれど、下着をつけないのが、本道らしいね」

「あなたの目の色が変わってきました。なんだかとても猥らしくて、赤く染まっています」

「その目の色はね、七十二歳にもなったのに、女性に対する興味を、日ごと、夜ごと、つのらせてきた証拠なんだ。麗しい女性を見ていると目の色が変わるという、昔からの喩えがあっただろう」

「今も、でしょうか。ちょっと怖い。わたしの下着のことなど、ずいぶん真面目そうにお考えになって。でも、ご安心ください。下着はちゃんとつけております。襦袢や裾よけを」

「いや、そういう昔風の下着ではなく、すなわち、現代的な女性用のパンツを着用しているかどうかを、ぼくは心配しているんだ」

「それじゃ、さわってごらんになりますか」

「ええっ、さわる？」

「はい。お臀を撫でてごらんになったら、おわかりになります」

「美抄ちゃんのお臀を、か」

「それとも、お着物の裾から手を入れて確かめてくださいい。女性用のパンティを穿いているかどうか簡単に確認していただくことができます」

血圧値は正常だった。ガンの手術後も。

が、脳天に向かって、全身の血液が一気に駆け上っていくような昂奮は、血圧計の数値を200近くにも上昇させていくような。

頭脳明晰、特段の美人さんも、歳を経るごとに、人間形成をゆがめてしまったのか。和服の裾から手を入れて、などと、おしとやかそうなこの女性の口から出てくるとは、想定外のことだった。

一方で、どこか卑猥めいた言葉の往復を、この女は愉しんでいるふうにも聞こえてくる。元同僚の誼を借りて。

それはそれで、大いに結構。

年齢には関係なく、不倫温泉に人間の常識、良識など邪魔になるだけだ。

小暮の言葉づかいにも、勢いがついてくる。

「ぼくの手は、わりと器用に動く仕組みになっているんだよ。和服の裾から忍びこんだら、太腿の根元まで届く時間は、きわめて短い」

「やっぱり、あなたはおもしろい男性です。表現が猥らしくても、憎めないのです。では、お着物の裾から入ってきたあなたの手は、どのくらいの時間で、わたし、腿の根元まで届くのでしょうか」

瞬間、美抄の太腿が、きゅっと閉じられた。その動きが直々（じきじき）に、小暮の手のひらに伝わってくる。少しくらいは、用心したのだろうか。

「五秒とかからないだろうな。しかしわたしの手は、多少、乱暴になるかもしれない」

「わたしを押し倒したりして？」

「残念ながら和服を着た女性の裾から、手を差しこんだ経験がないんだ。非常に柔らかそうな布でできているらしい裾よけが、指に絡んできたりしたら、思うように進まなくなるだろうし」

「いやだ、あなたの目が、どんどん怪しくなっていきます。きっとあなたは今、わたしの腿を撫でまわしていることを、想像なさっているのでしょう」

「当てられてしまったみたいだ」

「そんなに期待なさらないでください。若いころはバレーボールなどをやって、わたしの腿も、ぴちぴちだったんですよ。でも、すっかり弱ってしまって、年齢並みに。経験豊富な男性に喜んでいただくほど、魅力的ではございません」

お互いに言葉を紡(つむ)いでいると、事は前に進まない。

実行性に欠けるのだ。

「美抄ちゃん、この前、神田川の畔にある鰻屋で、頬を染めながら言った言葉を、忘れていないだろうね」

「えっ、なにを、でしょうか」

「美抄ちゃんの働いている介護施設の庭先で、お年寄りのカップルが黙ったまま、じっと手を握り合って、とても幸せそうな時間を過ごしていたとか。愛情の表現は、時として、言葉が邪魔をすることがある。ずっと以前から、ぼくはそう信じていた」

言葉が終わらないうちに小暮は、美抄の背中を抱きしめながら、ゆっくり、ソファの上に組み伏せた。

仰向けになった美抄の頬が、ぽっと染まった。

思い出した。この表情だ。まだ初々しかったあのころの、この女性の、底抜けに明るい面立ちを。その当時の美抄は、髪を長く伸ばしていた。目が大きかった。唇はきれいな山形を描いて、いくらかぽってりとして、透明感のあるピンクの口紅が似合っていた。

男の欲望が大爆発したような感覚に襲われていく。

手を伸ばす。指先が乱暴になっていた。和服の裾を掻き分ける。

ほっそりとした首筋を反らしながら、彼女の手は、ソファの片隅を固く握り締めた。

我慢と抵抗の姿勢をとりながらも、あと数秒後に訪れるだろう女の辱め、いや悦びに期待しているような。

和服の裾を分けた指先に、案の定、薄い布が絡んだ。

無理やり掻いくぐる。

瞬間、ふたたび美抄の太腿がぎゅっと閉じられた。

ここで止まってはならない。小暮は己を励ました。この女性は完全拒絶しているのではない。仰向けになった顔は、唇をしっかり閉じているものの、目は細く開いて、じっと天井を見つめている。

その虚ろ気な視線は、もっと早く、奥の方まで来てくださいと訴えている。小暮は自分勝手に、そう判断した。

が、手は自由に動かない。指先にまとわりついた薄物が、邪魔をしてくるからだ。

えっ！　小暮は思わず、彼女の様子をうかがった。固く閉じられていた太腿から、すっと力が抜けていったように感じたからだ。

「お願い、もう一度、ねっ、キスをしてください」

美抄の細い声が途切れがちに聞こえた。

小暮は斜め横から覆いかぶさった。そっと唇を合わせにいく。ソファの片隅を握りしめていた彼女の手が、小暮の頬を挟みつけてきたのだった。

秒とおかず、二人の舌は絡んだ。おびただしい唾液を乗せながら。舌が粘りあうたび、唇の端から唾がこぼれる。ミントの香りが混じった唾の味が、小暮の指の動きを加速させていく。

太腿にこもっていた力が、すっと抜けていったのだ。

早く入ってきてください。そのときの衝撃を和らげるため、この女性は、接吻をせがんできたに違い。大量の唾液を絞り出し、彼女の口に送りこむ。美抄の喉が鳴った。

飲みこんでいる。

幾つになってもこの音色は、男に満足感を与えてくる。愛情を共有していることとを実感させるからだ。

小暮の指先は、さらに勇気づいた。

薄物を排除しながら、前に進む。どきんとした。とてもなめらかな、ひんやりした素肌が、指先にすべったからだ。ふくらはぎの上端あたり。

美抄の唇に、強い痙攣が奔った。

「還暦をすぎても、こんななめらかな肌を隠し持っていたとは、驚きだ」

舌の絡まりをほどいて、小暮は彼女の耳元にささやいた。ついでに、やや乱れた髪を選り分け、唇に耳たぶを挟んだ。

瞬間、美抄の全身が、驚くほど跳ねあがった。

「だ、だめです。耳はくすぐったくて、そこは、侵入禁止です」

悲鳴に似た声を発して、激しく顔を振った彼女の様子を目にして、小暮は、自己満足に浸った。この女性の官能ポイントをいち早く発見したからだ。

「そんなにくすぐったいのか」

「あの、全身にじんましんが出て、じっとしていられないのです」

「そうすると、大昔の彼も、手をこまねいていた？」

「だめです。田原さんだって、わたしの耳は避けてくれました。くすぐったがるのを知っていましたから。裕樹さんが初めてですよ、わたしの耳たぶを唇に挟んで、わたしを虐めたのは」

初めて名前を呼んでくれた。たったそれだけの進化で、小暮は自分の昂ぶりをますます抑えられなくなっていく。

「それじゃ、かじってみようか、美抄ちゃんの耳たぶを」

「えっ、かじる！」

甲高い美抄の声が、天井にこだました。

「舐めるのはくすぐったいかもしれないが、かじられると気持ちよくなるかもしれない」

「編集長、冗談はよしてください。そんなことをされたら、わたし、今すぐ、帰ります。呼吸が止まってしまうほど、苦しいんですよ」

彼女の感情の高まりが、手に取るようにわかってくる。

呼び方が、あなただったり、裕樹さんになったり、そして編集長になったりと、とても忙しく変化していくからだ。

「わかった。ほんとうに苦しかったら、即座にチェックアウトしよう。お詫びに、帰りはぼくが運転してあげよう。美抄ちゃんは東京に着くまで、知らん顔をして、寝ていればいい」

「えっ、チェックアウトを？」

「うん。耳たぶをかじるくらいで、息ができなくなるようでは、あのきれいな露天風呂で混浴をしたら、美抄ちゃんはほんとうに、息が絶えてしまう。旅館にも迷惑がかかるだろう」

美抄の視線が窓の外に向き、そして、室内に戻った。

落ちつきのない目で、あたりをきょろきょろ見まわすのだ。

「それでは、お着物の裾を分けて入ってきたあなたの手も、お戻りになってしまうのでしょうか」

「もちろん。耳たぶをかじっていると、ぼくの手はどんどんいい気になって、太腿の奥の奥まで侵入していく予定になっていた。美抄ちゃんが女性用のパンツを穿いているかどうかを、しっかり確かめながら、ね」

「そんなの、ひどい仕打ちです。わたしは自分の歳も顧みず、初めて……、ほんとうに初めて、主人以外の男性と一夜を共にさせていただこうと、心に決めて伊豆に参ったのです。それなのに、急に、チェックアウトしようなんて、わたしの気持ちを、あなたはずたずたに引き裂いています」

涙声になってくる。

鼻腔をぷくんと膨らませて。

彼女の心の乱れようは、手に取るように伝わってくる。この行為を、このまま進めていいものか、それとも引き返すべきか……。

が、小暮は折衷案を提示した。

「よし、わかった。それでは、二人で協力しあい、実験してみよう」

「えっ、実験とは？」

「ぼくはできるだけ慎重に美抄ちゃんの耳たぶを噛んでみる。そのとき、ぼくの手は、美抄ちゃんの太腿の内側を、そろそろと這い上がっていく。美抄ちゃんの神経が耳たぶだけに集中すると、刺激が強くなって、呼吸がとまりそうになるんだろう」

「わたしの腿の内側を、あなたの手は撫でていくのですね」

「そう。ちょっと気持ちよさそうだろう。美抄ちゃんの内腿の肉は敏感そうで、きっと柔らかい」

またしても美抄の太腿が、ぎゅっと閉じた。

そのときの刺激を予想したふうに。

「お願いがあります」

　美抄はとても神妙な目つきになって、短い言葉を発した。

「何度でも言うよ。美抄ちゃんのお願いだったら、なんでも聞いてあげる。裸になりなさいと言われたら、ぼくはさっさとトランクスも脱いでしまう覚悟はできているんだ」

「ああん、そんなことじゃ、ありません」

「では、なにを？」

「あなたのお口はわたしの耳たぶを噛んで、あなたの手は、わたしの腿の内側を撫でてこられるのでしょう」

「そうだよ。心底から愛をこめて」

　歯の浮くようなコメントを口にしても、さほど違和感はない。

　自分の昂奮度が、上昇の一途を辿っているせいだ。

「もしも、あの……、そんなことをされて、気を失うほど苦しくなったら、介抱してくださいますね」

「心配しなくてもいい。ただちに着物を脱がせ、乳房の真上から心臓マッサージをしてあげるし、マウス・ツー・マウスで人工呼吸もさせてもらうよ」

仰向けに寝ていた彼女の瞳が、一瞬、きょとんとまわった。

「そうしましたら、わたしは気絶すると、裸にさせられた上、あなたにキスをしていただくことになるのですね」

「まあ、形の上では、そういうことになる。しかしこれらの行為はあくまでも、美抄ちゃんを蘇生させるための手段で、美抄ちゃんが気絶しているうち、悪さをしようという計画ではない」

「先ほど、あなたはおっしゃいました。和服を脱がせるのは面倒だ。帯の解き方もよくわからない、と」

「なかなかむずかしそうだ。その上、美抄ちゃんは気を失っているのだから、ぼくはかなりあわてて、もっと手が不自由になっているはずだ。といって、救急車を呼ぶわけにもいかないだろうし」

「呼んでくださらないのですか」

「だってさ、救急隊員の人は必ず聞いてくると思う。この女性は、なぜ気を失ってしまったのか。そのときの状況を詳しく説明しなさいと、厳しく問いつめられる。美しい女性の生死に関わることなんだし」

「…………」

「耳たぶを噛みながら、内腿を撫でていたら気絶してしまったと、正直に答えることもできないしね」

二人の間に、重い沈黙が流れた。

窓の外に目をやったり、至近距離で見つめあったり。

言葉がつづかなくなったのだ。

「わかりました」

突然、美抄は自信満々なる声を発し、半身を起こした。

現役時代から即断即決、そして判断に間違いのない女性だったと、社員一同揃って認めていた人材である。

「わかったって、なにを？」

おろおろしたのは小暮だった。

「わたしの神経はどう考えても、耳かじりには対応できないと思います。必ず失神してしまいます。ほんとうに苦しいのです。ですから、わたしが気を失う前に、あなたに処置していただく準備を整えておけば、あなたはそれほどあわてることはないのです」

わかったような、わからないような。

が、理屈は合っている。

「準備って、なにをするの?」

小暮は驚いた。返す言葉もなく美抄は、小暮の軀を払いのけるようにしてソファから立ちあがり、そして部屋に戻って、座布団を並べはじめた。なにを始めるのだ? 見守るばかり。

ややっ! 背中を向けた美抄は帯を解きはじめたのだ。露天風呂に入るのか? だったら、自分も裸になる必要がある。

ずいぶん厄介そうに巻かれていた帯が、彼女の足元にすとんと落ちた。なんの苦労もなく、だ。

これっ、着物も脱ぐのか!

気が動転しかけた。あまり自分勝手な行動をされると、おれのほうが気を失ってしまう。あわてまくって小暮は彼女のそばに近寄った。

あーあっ。とてもあっけない。上品そうな藤色の和服も、それはあっさりと、畳の上で皺となったのだ。

小暮はおそるおそる、美抄の全身を追った。

淡い桃色の襦袢と裾よけのみになった彼女の立ち姿は、一服の錦絵(にしきえ)のように悩ましい。肌が透けて見えるような、見えないような。

「準備が整いました。さ、始めましょう」

彼女の声が、しゃがれて聞こえた。

「始めましょうって、なにを？」

真っ正直に聞きなおしているのに美抄は、口元をいくらかほころばせ、そして裾よけの裾を指でつまみながら、二枚並べた座布団の上に、そろりと仰臥したのだ。

「耳たぶを嚙まれて失神したとき、心臓マッサージをしてくださるのでしょう。そのときの準備が整いました」

非常に気まずい思いに浸って小暮は、彼女の真横に座った。

分厚そうな和服を脱いだせいか、淡い桃色の襦袢の胸元から、ほのかな甘さが立ちのぼってくる。

「そうすると、これからぼくは、美抄ちゃんの耳たぶを嚙んでもいい、ということだね」

「耳たぶだけではございませんでしょう。あなたの手は、わたしの裾よけを分けて、内腿を撫でてくださる予定になっておりました」

二人の立場は、大逆転して、美抄が完全にリード役になっている。

きっちり説明されたのに、小暮の動きはますますぎこちなくなっていく。男女和合のスタイルにしては、勝手が違いすぎるような気がして、だ。ましてや二人は初体験。座布団の上なんて、お粗末すぎる。

が、小暮は蛮勇を奮い起こした。美抄から所望してきたのだ。腰を折る。彼女の耳たぶに口を寄せようとする。

「ちょっと、お待ちください」

美抄の声が、鋭く飛んだ。

「どうしたの？」

「わたしはもう、裸同然の恰好になっております。それなのに、あなたはまだワイシャツも着たまま。それから、ズボンも。もっと身軽な恰好になる義務があると思います」

はっとして小暮は、己の姿を見返した。

色物のワイシャツとズボンは着用したままだった。

「脱いだほうがいいのか」

「もちろんでございます。もしも……、あなたの愛撫をいただいているとき、ほんとうに万が一にも、わたしの気持ちが高揚して、あなたにしがみついてしまうこともありましょう」

「うん、あり得ない話ではない。本来、耳たぶを舐めたり、しゃぶったりすると、驚喜の声をあげる女性も多いからね」

「そうでございましょう。わたしはもう還暦をすぎた歳ではございますが、女です。なにかのきっかけで、女の悦びに浸ることもありますでしょう。そのとき、あなたがまだワイシャツやズボンを着用されていたら、わたし、悲しくなると思うのです」

そうかもしれない。

小暮は己の無作法を恥じた。

急いで立ちあがり、ズボンを脱いだ。

一瞬、美抄の視線がきらりと光ったように見えた。白と黒の格子縞のトランクスはまっさらだった。見苦しくはない。そして膝立ちになる。ワイシャツを脱ぐ。白い肌着の胸が、弾んで見えた。呼吸が荒くなってきたからだ。

「ねっ、あなたはほんとうに、古希をすぎたお歳になられたのでしょうか」

見あげてきた美抄の睫毛が、ぴくぴく踊った。

「わたしの戸籍謄本には昭和二十五年生まれと、正しく記述されていたように覚えているし、二人で働いた会社に提出した履歴書にも、そう記したと覚えているけれど」

「胸元は厚くて、太腿も頑丈そうです。それに、お腹も出ていません」

「不摂生はしていないからね」

「わたし、見とれています」

「ちょっと恥ずかしいな。美抄ちゃんほどの美人さんに、じっと見つめられると」

「わたし、こっそり想像していたんですよ」

「なにを？」

「同じ会社で働かせていただいた当時、あなたは遊び放題、やりたい放題の元気者でいらっしゃいましたが、古希をすぎたお歳になられたのですから、軀のあちらこちらに、多少なりとも衰えとか、ほころびもあるのではないか、と」

「それほど緩んでいないだろう。あのね、ひとつだけ断っておくことがある」

「なにかを隠していらっしゃるのでしょうか」

「五年前、ガンの手術をした。その結果、腹に傷がある。あんまり見栄えしないけれど、我慢してくれるかな」

「うふっ……」

美抄は声を殺して笑った。

「あなたがガンの手術をなさったことは、お友だちから聞いて、存じておりました。そんなことは、名誉のある傷でございましょう。そんな些細なことより、わたし、ほんとうは、ちょっと心配しているのです」

「なにを？」

「お聞きしてもよろしいでしょうか」

「お互い、腹に一物を持っていると、行動が制限されることもある。なんでも遠慮なく聞きなさい。ぼくは正直に答えるから」

「あの……」

ひと声もらした美抄は、視線を避けた。

頬をほんのり染めていって。

その赤さは、恥じらいを隠しているような。

「美抄ちゃんらしくないな。奥歯になにかが挟まっているようだ」

「では、お聞きします。でも、怒らないでください」

「美抄ちゃん相手に怒る理由なんか、なにもないだろう。会社にいたときはさんざん迷惑をかけたんだから、そのお返しのつもりだ」

「あの、あなたも古希をすぎたお歳ですから、その、男性の機能が弱っていらっしゃるのではないか、と。いえ、弱っているというより、まったく機能しなくなった、とか」

「えっ、男性の機能？」

「はい。わたしの主人は今年、六十六歳になりましたが、夫婦関係はゼロでございます。主人は言いました。おれは、もういけない。美抄の相手ができない軀になってしまった、と。それは、はっきり申しあげて、勃起不全ということでございましょう」

ずばりと指摘した。具体的な表現を用いて。

男として、これ以上、寂しいことはない。

ついこの前まで、自分も同じ寂しさ、辛さと同居していた。もうおれの人生もおしまいか、と。が、東村山の墓地で盗み見した若いカップルの熱い抱擁、接吻に、男の情欲が息を吹きかえしたのだ。

しかし、それほど心配なら、さあ見てくれと、トランクスを脱ぎ捨てるのでは、芸がなさすぎる。

　しばらくの時間、小暮は思案した。

　最初からやり直しだ。

　ひと言も発しないで小暮は、座布団に仰臥していた美抄を横抱きにして、立ちあがった。

「ああっ、なにをなさるのですか」

　悲鳴をあげて美抄は、首筋にしがみ付いてきた。

「ぼくは力持ちだろう。現代用語だと、マッチョ。美抄ちゃんを軽く抱きあげるくらいの腕力は残しておいたんだ」

「そんなことより、ねっ、わたしの耳たぶをかじったり太腿を撫でたりしてくださる約束はどこへいってしまったのでしょうか」

「座布団の上では、貧乏たらしいし、工夫がない。美抄ちゃんだって、物足りないだろう。ぼくだって、もうちょい、工夫を凝らしたい」

　たった今まで、彼女の一方的リードで事は進んでいたが、ここからは男の根性と愛情を見せつけてやる必要がある。

　横抱きにしたまま、小暮はベランダに出た。火事場のバカ力を発揮したのか、美抄の軀がとても軽い。

涼しい夜風が、ほてった肌に心地よく当たってくる。

「ねっ、どこへ？」

「そんなことより、美抄ちゃんは明日も和服を着て、ドライブをするのか？」

「いえ、車にお着替えを用意しておきました。お着物で運転するのは、疲れるし、危ないこともあります」

「それはよかった」

さりげなく答えて小暮は、美抄を横抱きにしたまま露天風呂に飛びこんだ。

湯飛沫が、二人の顔をびしょ濡れにした。その程度の被害は、想定内のことだった。

「ああっ、なにをなさるのですか。襦袢と裾よけが……、濡れてしまいました」

「ごめん。もう使いものにならなかったら、ゴミ箱に捨てていこう。襦袢や裾よけくらいだったら、ダースで買ってあげる」

口先でいい加減に謝っておきながら小暮は、俄仕立ての自分の作戦が、ものの見事に成功したことを密かに祝いたくなった。淡いピンクの薄い布地が、ゆらゆらと湯面に泳ぐ景色が、二人の小さな旅を歓迎してくれているように映ってきたから、だ。

「ねっ……」

　今の状況に少し慣れたのか、美抄は全身を寄せつけ、耳元にささやいた。

「下着をつけたまま入浴するのも、悪くないだろう」

「あなたはわがままで、自分本位で行動なさる男性と見ていましたのに、ほんとうはとても気配りのある、優しい男性だったのですね。今、はっきりわかりました」

「急にどうしたの？」

「黙っていらっしゃっても、わたし、あなたのお気持ちを理解しました」

「なにを？」

「わたしを裸にさせたら、きっと恥ずかしがる。ですから、襦袢と裾よけを着けたままお風呂に入れてくださった。そうでしょう。わたしも怖かったのです。下着をすべて取って、あなたと一緒にお風呂に入る勇気があるのかしら、と」

　それほどの深謀遠慮があったわけではない。

　が、できるだけ自然に露天風呂に入ることができたら、それに超したことはない。どれほど言いつくろっても、お互い、若い肉体ではないのだから。

淡い桃色の布を一緒にして、小暮は美抄の全身を引きよせた。

薄い布地の内側に、ゆるやかな丸みを描く肉の盛りあがりが、揺れた。布地に透ける乳房が、直接目にする形より、よほど色っぽく、妖しく映ってくるのだ。

「桃源の世界だね」

小暮の実感だった。

「夢の世界に誘っていただいたような気持ちです」

美鈴の声に安堵の色を感じた。

「人間は元気で長生きをしていると、誰かが、こんなすばらしい褒美をくれるものだと、感謝しているんだ」

「ねっ、もう一度、お口をください」

美抄の目が静かに閉じた。唇を預けてくる。

伊豆に来てから、三度目の接吻だった。

ミントの味が混じった彼女の唾が、口いっぱいに広がった。

小暮の唇と手は、とてもスムースに動いた。お湯に濡れた髪を選り分けた小暮の舌は、美抄の耳たぶを舐めていた。そして、柔らかく噛んだ。

「あーっ、いけません。でも、あっ、今、あなたは、わたしの耳を、お舐めになりましたね」

舐めたのではない。やわ噛みしたのだ。

「気分が悪くなったとか？」

「いえ、それが、あの、軀の芯のほうがぞくぞくっとして、きゅんと引き絞られました。お願いします。もう一度、あの、耳たぶを」

言って美抄は目を閉じた。

もう少し刺激を強くしてやろうと小暮は、裾よけを掻いくぐらせ、その内側に手をすべり込ませた。こうなると手の動きは早い。湯面すれすれに浮く太腿の内側に侵入するまで、わずか数秒。

柔らかい肉が指先に張りついた。

さらに奥に向かって、すべらせていく。自分の指の動きに注意しながら小暮は、彼女の耳たぶを求めた。唇で軽く挟む。美抄の腰が湯面に波を立て、まさにエビのようにしなり、反りあがった。

耳たぶを噛む力を強くする。

美抄の両手がふたたび小暮の首筋にしがみついた。その反動で、美抄の太腿が割れた。小暮の手が速度を増して、さらに深く侵入する。

指先にふれたのは、お湯に濡れたヘアの群がりだった。わりと密生しているような。

洋式のパンツは穿いていなかった。

「美抄ちゃん、ぼくは安心したよ」

耳たぶから口を離して小暮は告げた。

しっかり閉じられていた彼女の瞼が、ぼんやりと開いた。

「なにを安心されたのですか」

「美抄ちゃんの軀は、立派に成長していたからさ」

「今ごろになって、なにをおっしゃっているのでしょうか。小学生のころから、保健室の先生は健康優良児と、誉めてくださいました」

「うん。五体、五感ともなにひとつ障害はない。それに、とても心地のよいさわり心地でね。ほら、ここが」

声と一緒に小暮の指は、ふっくらと盛りあがっている股間の丘を撫でた。薄い毛並みが、指先に絡んでくる。

「わたしは六十年以上生きている女です。それなりに成長しているはずです」

「でも、ちょっと心配していたんだ。ぼくにとっての美抄ちゃんは、聖女的な存在だった。だから、もしかしたら、生えるべきものが生えていないのではないかと、ね」

「そんな真面目なことをおっしゃりながら、あなたの手は、ものすごく猥らしく、あん、わたしのそこを撫でています。あーっ、のぼせていきます。おかしくなっていきます、わたしの軀……」

「失神しそうなほど？」

「いえ、あの、もう一度、わたしの耳を、ねっ、舐めてください。知りませんでした。耳を愛撫されることが、こんなに気持ちのいいものとは」

ふたたび美抄の瞼が、ひっそり閉じた。お湯に濡れた美抄の表情が、恍惚化していく。髪が濡れていっても、委細構わず。

小暮は口を寄せた。

舌を伸ばし、耳の穴を舐めとった。ちょっと苦い。が、その苦さが小暮の情感をさらにさらに高めていく。

「う、うくーっ！」

確かに美抄は、そう叫んだ。

耳を舐められたり噛んだりされたら、失神するほど気分が悪くなると言っていたのに、真実は違った。

気を失いそうになるほど、昂ぶる神経を持ち合わせていたのだ。

耳たぶを舐め、やわ嚙みを続けながら、小暮の指はさらに忙しくなった。柔らかいヘアを撫でまわしながら、少しずつ、肉の谷底を目がけて、指先を這いおろしていく。

小暮は彼女の反応を鋭く見極めた。

太腿を広げていくのだ。中のほうまでいじってください。その太腿の開き具合は、この女性の心のうちを正直に伝えてくる。還暦をすぎるまで、慎ましやかに生きてきた一人の女性の裏側に隠されていた女の欲情を、知らせてくるのだ。

（そのあたりは、いったい、どうなっているのだ？）

小暮の神経が指先に集中した。

そろりそろりと探りを入れた。

「編集長！」

美抄は叫んだ。

この女性の頭の中は、完全に混乱しているらしい。それとも、若い時代を彷彿し、その時代に密会しているような幻想にとらわれているのか。

「もう少し、足を開いて」

小暮は彼女の耳元に荒い呼吸を吹きかけ、伝えた。

従順なのだ。

ゆらゆらと太腿が開いていく。

小暮はまたしても満足した。もしもこの女性の身体に、一枚の布もなかったら、これほど自由に軀を動かしただろうか。歓喜の声をあげながら。

必死に自分の身を守ろうと、必死にあがいたかもしれない。

開いた股間の奥に指先を進めながら小暮は、彼女の耳たぶと唇を交互に舐め、吸った。

おっ！　小声をあげたのは、小暮だった。

股間の奥底に辿りついた指先に、お湯の濡れとは違う、ぬるりとした粘り気が染みついてきたからだ。

（生ぬるく濡れている！）

多少は期待していたものの、直（じか）に感じる昂ぶりの濡れは、小暮に男の感動を与えた。相手は還暦をすぎた女性だったのに。

その瞬間、小暮は己を振りかえって、自己満足に浸った。七十二歳になった男たからだ。

の股間もいつの間にか、濡れたトランクスを打ち破りそうな勢いで、屹立していた。

　相手の年齢には関係なく、男の機能回復は、万全だった。

柔らかい肉の中心部を、下から上に、上から下に、刷き撫でる。ぬるりとした粘り気が指先に染みついてくる。

　小暮は新しいうねりを発見した。彼女の耳をやわ嚙みするたび、左右に裂けた肉の溝が、ひくりひくりとうごめくことを。裂け目の突端に突起する小さな肉の尖りも、ぴくりと跳ねて。

　小暮の舌や唇の動きに合わせて、だ。

視覚に受ける感動より、触覚に伝わってくる性の昂ぶりのほうが、ずっと生々しく刺激的だ。

　軀中に点在する人間の官能神経は、最後は一点集中して、股間の奥にひそむ肉を躍動させる。

　耳たぶにキスをされると、気を失うほど気持ちが悪くなる。その感覚はこの女性の官能神経を、どこかで混線させていたのだろう。

「美抄ちゃん」

呼んだ声がかすれた。

ひしっと閉じられていた彼女の瞼が、まぶしく開いた。

「わたしの軀、どうなってしまったのでしょうか。軀のあちらこちらが痺れて、身動きが取れなくなっているのです」

「そんなことを心配することはない。それより、お願いがあるんだが」

美抄の目がしっかり見開いた。

「もう、お湯から上がりたい、とか？」

「いや、そうじゃなくて、ぼくもかなり昂奮してきた。美抄ちゃんの太腿の奥をさわっているうちに」

「はい。あなたの手を感じているうち、わたしものぼせてしまって、頭がくらくらしているのです」

「それでね、美抄ちゃんはさっき、心配してくれただろう」

「なにを申したのでしょうか」

「ぼくの男の機能が不全になったのではないか、と」

「そんな失礼なことを、わたしが申しあげたのでしょうか」

「心配してくれてありがとう。それで、確かめてほしいんだ。不全か健全かを」

「えっ、わたしが？　でも、どうやって確かめればよろしいのでしょうか」

「簡単なことさ。トランクスの中に手を入れて、男の象徴が大きくなっているか否かを確かめてくれれば、それでいい」

己の全身を、小暮の腕にほぼ預けていた美抄の上体が、びくりと跳ねた。虚ろだった瞳を、かっと光らせ、睨んできて。

「あなたのパンツの中に、手を入れなさい、と？」

「そう。そんなにむずかしいことじゃないだろう。もしも、ふんにゃりだったら、これからの行動をすぐさま中止して、食事をしよう。伊豆は新鮮な魚料理がいっぱいあるそうだから」

「ふんにゃりじゃ、なかったら？」

「そんなこと、美抄ちゃんだってわかるだろう。ずいぶん長い間、奥さんをやっていたのだから」

「意地悪……！」

美抄の目に、初めて女の甘えが浮いた。言葉づかいも砕けてきて。

「だから、使いものになるかどうか、美抄ちゃんの手で確かめてほしいんだ」

「握ってみなさいと？」

「美抄ちゃんが満足するくらい、漲っているかどうか、心配しているんだ」

「あーっ、そんなこと、わかりません。でも、お願いします。ものすごく大きくなっていなくてもいいのです。わたしの軀に入ってくるくらいの力を残してくださっていれば。わたしが申しあげていること、わかってくださいますね」

「ぼくだって、期待に応えたいんだ」

「おわかりになったでしょう、わたしの軀がどうなっていたか。あなたの手が伸びてきてお肉が、熱くほてってって、疼いたのです。こんな気持ちになったのは、何年ぶりのことでしょうか。わたしの軀には、まだ女の感情がしっかり残っていたのですね。目を覚ましてくださったのは、あなたが耳を噛んでくださったからです」

「それじゃ、美抄ちゃんの肉を突き刺していくくらい元気になっているか、パンツの中に手を入れて、確かめてくれるね」

「あなたは、ひどい人。わたしを思いっきり虐めて、喜んでいらっしゃいます」

数秒して、美抄の右手が、背中をよじって、湯の中に沈んだ。

まさぐってくる。

なんとのろまな。

やっとトランクスのゴムを探りあてた美抄の指が、そろりと侵入した。

「ほんとうに、初めてのことです、こんな淫らなこと。だって、わたしの手は今、あなたのパンツの中に潜りこんだのです」

「さあ、そのまま手を下ろしてきなさい。だらしのない形をしていたら、むんずと握って、引きちぎってやってもいいんだよ」

のろのろと下がってきた美抄の手が、黒い毛の間際で、急停車した。息づかいが荒い。

「もしも、びっくりするほどお元気でしたら、どうすればよろしいのでしょうか」

「褒美として、頬ずりでもしてやってくれないか。喜び勇んで、さらに元気になるはずだよ」

「あなたのおっしゃることが、お腹の底にずきんずきんと響いてまいります。ふんにゃりのほうがよろしいのか、それともお元気丸々のほうがいいのか、迷ってしまいます。だって、後者でしたら、頬ずりをするのでしょう」

「無理にとは言わない。でも、ぼくが想像するところ、美抄ちゃんはきっと頬ずりすることを願っているだろうから」

うっ……。うめいたのは小暮だった。

美抄の指が男の肉の根元を丸く握ってきたからだ。それも容赦のない力で。

「あなたはわたしを騙して、喜んでいらっしゃいます。こんなに大きく、太くなっています。まるで、太めのスリコギです。わかっていらっしゃったのでしょう」

「いいや、美抄ちゃんの荒い息づかいとか、甘い香り、優しそうな声に反応して、急速膨張したらしい」

「ねっ、立ってください。頬ずりをさせていただきます」

どうしたものか？　またしても小暮は迷った。

直接、目にしたら、この女性はほんとうに気絶してしまうかもしれない。男の肉のいきり勃ちは、若い時代に、負けず劣らず。しかも昂ぶりの証でもある先漏れの粘液が、お湯に滲み出しているようなのだ。

ま、いいか。

気を失ったら、すぐさま心臓マッサージをする準備は整っていたのだ。

ひょいと立ちあがって小暮は、ずぶ濡れになったトランクスを脱ぎ捨て、露天風呂の淵に腰かけた。

うん、元気がよろしい。

小暮は自分を誉めてやった。

垂直に勃ちあがった男の肉は、満天に煌めく無数の星に向かって、勝利の咆哮を放っているような。

あれっ？　小暮は目の前に立ちつくした美抄の姿を、憐みの目で追った。

両手の指先は唇を抑え、目は虚ろ。淡い桃色の襦袢と裾よけに、彼女の裸身がくっきり浮きぼりになっていたのだ。

(無理だな)

小暮はすぐ察した。

露天風呂の底に立った美抄の両足は、半歩も動かないほど硬直しているのだ。頰ずりをさせていただきますと、はっきり口にした勢いは、すっかり消えうせている。

男の力を目の前にして、行動が伴わなくなったらしい。

無理もない。このところ夫婦生活も途絶えていたらしい。ご亭主のサイズがどのくらいあったのか、知る由もないが、スリコギにも匹敵する硬直を目にして、この女性の思考は、完全に停止してしまったようなのだ。

小暮は両手を伸ばし、招いた。

美抄の足がふらつき、助けを求めるように、小暮の手にしがみついた。

「頬ずりはあとにしよう。立っているのが、辛いんだろう。だったら、ぼくの太腿の上に跨ってきなさい。遠慮はいらない」

「あの、そこの上にでしょうか」

美抄の視線は間違いなく、大勃起した男の肉を睨んだ。

「ぼくは両手で、美抄ちゃんの腰を抱いてあげよう。さらに美抄ちゃんの軀を安定させるために、ほら、このスリコギを、美抄ちゃんの股間の真下から、挿しこんであげる」

スリコギという表現は非常に色っぽくない。が、もっとも適切な言いまわしのようだと、小暮は一人で満足した。

「襦袢や裾よけは、着けたままでよろしいのでしょうか」

美抄の声は、今にも消え入りそうなほど、か細くなっていく。

「好きにすればいいさ。どんな姿であっても美抄ちゃんがぼくの股の上に跨ってきてくれたら、うれしい。力いっぱい抱きしめて、そして、ひとつになれれば、ね」

美抄の唇が、ぴくぴくっと震えた。そして嚙みしめる。

次の瞬間、美抄は襦袢を引きはがし、裾よけを取り払った。その動作は、たったの数秒。真っ白な裸像が目の前に浮きあがったのは、瞬時だった。

美抄は飛びかかってきた。

太腿を広げ、両手で小暮の脇腹を抱くようにして。

男女和合はまさに、軌を一にした。

ぬるりと埋まった。深々と。

美抄の乳房がどれほどふんにゃりだったのか、よくわからない。が、両の乳房を、かなりの力で押しつけてきたのだった。

「うれしい。ほんとうです。感激です。編集長がわたしの軀の奥底まで、入ってきてくださったのですもの。動いています。もごもごと。ねっ、子宮をノックしてきます。もっと、奥まで入っていいか、って」

半分甘えた切れ切れの声を発した美抄の唇が、物の怪につかれたような勢いで、小暮の口をむさぼった。舌が絡む。一度目より二度目、二度目より三度目と、二人の接吻は回を重ねるごとに濃密になっていく。

お互いの唾液を吸いあい、舌を絡めながら。

「美抄ちゃん」

唇を離して小暮は呼んだ。

「はい……」

答えた美抄の瞳は充血していた。

「これからしばらくの間、静かにしてくれるか」

「なぜ、でしょうか」

「あと数秒したら、ぼくの男のエネルギーが美抄ちゃんの軀の一番奥底目がけて、どくっどくっと放たれていく」

「うれしい。お待ちしています」

「そんなぼくの、力いっぱいの脈動を感じてほしいんだ。美抄ちゃんの大切な肉でね。ぼくはね、七十二歳にして初めて、静かな交わりの感激に浸りたいと思っているんだ」

「はい。わかりました。あなたのお気持ちを、大切に受けとらせていただきます」

二人の唇はふたたび重なった。

胸板に重なった乳房から伝わってくる、心臓の高鳴りを感じながら。

「美抄ちゃん、いくよ」

唇を離して、小暮は伝えた。

「はい、お待ちしております。その代わり、わたしの軀に、全部、放ってください。一滴も残したら、いやですからね」

股間の堰が切れた。

ひと滴、ひと滴が正確に、そしてリズミカルに放たれていく男の快感は、終わりを告げないほど、長くつづいていく。

(こんな交わりもあったのだ)

古希をすぎたくらいの歳で、男を捨ててはならない。自分の力を試せるのは、むしろこれからだと、胸のどこかで思いなおした。美抄の腰をしっかり抱きしめたまま、小暮は身動きもできないような、男の陶酔に浸っていた。

〈了〉

＊この物語はフィクションです。同一名称の固有名詞等があった場合でも、実在する人物や団体とは一切関係ありません。

イースト・プレス
悦文庫

枯れない情熱

末廣圭（すえひろけい）

２０２３年９月22日　第１刷発行

企　画　松村由貴（大航海）

発行人　永田和泉

発行所　株式会社　イースト・プレス

〒１０１-００５１
東京都千代田区神田神保町２-４-７久月神田ビル
電　話　０３-５２１３-４７００
ＦＡＸ　０３-５２１３-４７０１
https://www.eastpress.co.jp

印刷製本　中央精版印刷株式会社

ブックデザイン　後田泰輔（desmo）

ISBN978-4-7816-2240-8 C0193